Scherz Krimis
Die mit den Streifen

Roger Graf

Kurzer Abgang

Roman

Scherz

Der Autor

Roger Graf, geboren 1958 in Zürich, schrieb bereits während seiner Ausbildung erste Gedichte und Kurzgeschichten, erfand außerdem zwei Kartenspiele, verfaßte Drehbücher und Filmkritiken und ersann fürs Radio Satiren, Sketche, Spiele, Nonsense. Der Schöpfer von immer neuen *haarsträubenden Fällen des Philip Maloney* lebt als Hörspielautor, Kolumnist und Schriftsteller (*Tödliche Gewißheit*, 1995; *Zürich bei Nacht*, 1996; *Tanz an der Limmat*, 1997) in Zürich.

Der Autor ist über Internet erreichbar:
http://www.access.ch/rgraf
http://www.audiograf.ch
E-Mail: rgraf@access.ch

Taschenbuchausgabe Scherz Verlag, Bern, München, Wien 2000
Originalausgabe: Kein & Aber AG Zürich 1998
Lizenzausgabe mit Genehmigung des Kein & Aber Verlags, Zürich

ISBN 3-502-51731-2
Umschlaggestaltung: ja DESIGN, Bern: Julie Ting & Andreas Rufer
Umschlagbild: Zeichnung von Julie Ting

Inhalt

I Lagavulin

Seit einigen Tagen geht es mir wieder besser. Ich verbringe viele Stunden damit, aus dem Fenster zu starren. Ich sehe den Bus, der müde Passagiere ausspuckt. Einige bleiben nach dem Aussteigen einen kurzen Moment stehen, so als wüßten sie nicht so recht, weshalb sie ausgestiegen sind. Die Wartenden sehen aus wie zum Tode Verurteilte, die bereits auf den Leichenwagen warten. Natürlich kann ich mich täuschen. Aber ausgesprochen lebensfroh sieht niemand aus, der auf den Bus wartet.

Ich gebe mir keine Mühe, mich zu tarnen. Vorhänge gibt es nicht in meiner Wohnung, nur Metallrollos, die hochgezogen sind. Wer will, kann mir dabei zusehen, wie ich anderen zusehe. Mich stört das nicht. Auf dem Fensterbrett liegt eine Packung Zigaretten. Sie kommt mir fremd vor, gehört nicht zu mir, auch wenn ich sie beinahe leer geraucht habe. Zigarettenrauch stört mich jetzt wieder. Ich glaube, das ist ein gutes Zeichen. Drüben steht ein Mann neben einer Ampel und schaut in regelmäßigen Abständen auf seine Armbanduhr. Ab und zu blickt er zu mir hoch, ich mache ihn offenbar nervös. Ich öffne das Fenster und stütze mich auf dem Sims ab. Jetzt hat er genug und geht weg. Ruhe kann einen aus der Ruhe bringen. Ich genieße es, ruhig zu sein. Ich höre Schritte aus der Wohnung über mir, und ich rieche den Kaffee, den sich jemand in der Nachbarschaft zubereitet. Viele Fenster sind geöffnet, obwohl es kühl ist. In einer Stunde wird sich der Feierabendverkehr durch die

Straße quälen. Ein träger, stinkender Wurm. Alle Leute erschrecken, wenn sie mich während der Rush-hour besuchen. Es ist unerträglich laut, und manchmal vibrieren die Fensterscheiben wegen der Lastwagen. Die Wohnung ist nicht billig, aber sie ist riesig, und das gefällt mir. Ein Zimmer steht leer, vollkommen leer. Wenn ich rede, hallen meine Worte durch den Raum. Ich rede nicht oft, wenn ich allein bin, aber wenn, dann in dem leeren Zimmer.

Der Pinguin steht jetzt an der Bushaltestelle. Er raucht einen Zigarillo. Der Rauch entweicht seinem Mund wie der Dampf einer Turbine. Der Pinguin steht jeden Tag um diese Zeit an der Bushaltestelle. Manchmal frage ich mich, ob ihn seine Freunde auch Pinguin nennen. Wenn er die Arme baumeln läßt, ein paar Schritte macht und dabei den Bauch vor sich herschiebt wie ein Eisverkäufer seinen Bauchladen, sieht er aus wie ein Pinguin. Vielleicht ahnt er es selber und trägt deshalb nie Schwarzweiß. Wäre ja noch schöner. Er wartet den übernächsten Bus ab. Das macht er ab und zu, ohne daß ich darin ein System erkennen kann. Er steht immer zur selben Zeit da, aber er nimmt nicht immer den gleichen Bus. Vielleicht ist er in eine Busfahrerin verliebt oder in eine Passantin. Doch er scheint sich nie umzusehen oder nach jemandem Ausschau zu halten. Der Pinguin ist eines der Rätsel, die mich beschäftigen, wenn ich aus dem Fenster schaue. Drei Stunden täglich, mindestens. Es bewahrt mich davor, nervös zu werden. Den Computer habe ich neben das Fenster gestellt. Zwei Wochen gebe ich mir. Zwei Wochen, um meine Geschichte aufzuschreiben. Es ist die Geschichte eines Mörders.

Manchmal überlege ich mir, ob sich die Menschen auf der Straße Gedanken machen, wenn sie mich sehen. Was ist das für einer, der stundenlang aus dem Fenster starrt? Für die meisten starre ich nur wenige Minuten lang, dann sind sie weg. Doch diejenigen, die mich öfter sehen, werden sich ihre Gedanken machen. Arbeitslos, armer Kerl, fauler Kerl, was auch immer. Womit sie nicht ganz unrecht haben. Vielleicht ist auch der Pinguin arbeitslos. Weshalb sollte er sonst am Nachmittag Bus fahren? Ich weiß nicht, wann er jeweils zurückkommt, sehe ihn fast nie aussteigen aus dem Bus. Egal was für Gedanken sie sich machen, die Wahrheit können sie sich nicht vorstellen, da bin ich mir sicher. Es beginnt zu regnen. Schwere Tropfen, die auf dem Fensterbrett laut aufklatschen. Wie bei einer Choreographie öffnen sich die Regenschirme. Der Pinguin hat keinen Regenschirm, er bleibt unter dem Dach des Wartehäuschens, wo sich jetzt auch andere Passagiere drängen. Eine Frau mit Schirm stellt sich ebenfalls unter. Die Straße färbt sich bunt, ein Reigen eiliger Menschen, alle mit einem Ziel vor Augen. Ich wende mich ab und schenke mir ein Glas Lagavulin ein. Jedes Wetter hat seinen eigenen Whisky. Die Gebäude, in denen dieser Malt lagert, stehen direkt am Meer. Salzwasser frißt sich in die Mauern. Die schweren Regentropfen färben sich bernsteinrot, der rauchige Abgang ist wie ein trockener Unterstand in einer nassen Landschaft. Die Tropfen verflüchtigen sich, gehen in Nieselregen über. Das war anders damals, es goß wie aus Kübeln. Ich trinke einen Schluck, die Erinnerung breitet sich aus, fließt durch meinen Körper, schließlich in die Tasten. Nach einem weiteren Schluck fühle ich mich sicher.

2 Jack Daniels

Die Maschine aus Chicago landete am Mittag. Ich hatte Kopfschmerzen und viel zu viel Gepäck dabei. Mühsam schleppte ich einen großen Koffer, der zwar mit Rädern versehen war, aber ständig umkippte. Um die Schulter trug ich eine bauchige Tasche, in der eine Flasche Jack Daniels lag, ein Single Barrel, eine amerikanische Delikatesse, auf die ich mich freute, was mir die Schlepperei einigermaßen erträglich machte. Ein bissiger Wind heulte über das Rollfeld, und aus einem mir unerklärlichen Grund heftete sich ein junger Mann an meine Fersen, der mir bereits im Flugzeug unangenehm aufgefallen war. Er hatte neben einem salopp gekleideten Amerikaner gesessen, mit dem er sich auf englisch unterhielt. Den Schweizer schätzte ich auf knapp dreißig, er trug einen dieser gepflegten Dreitagebärte, wie man sie bei Bankangestellten findet, die in ihrer Freizeit gerne behaupten, gar nicht so stur zu sein, wie sie aussehen. Dazu paßte die Designerbrille, deren Gestell aussah wie eine Stichwaffe. Der Amerikaner redete über die Vorzüge eines bestimmten Computersystems, das in der Bankenwelt für Furore sorgte. Während des Landeanflugs verstummte der Schweizer zusehends, faltete die Hände über seinem Aktenkoffer und starrte auf das hochgeklappte Tablett am Vordersitz. Nur einmal hob er den Blick, als eine der Hostessen die Sitzgurte kontrollierte, schaute ihr lächelnd ins Gesicht, wartete offenbar auf eine Erwiderung, die jedoch ausblieb. Dafür lachte der Ami laut auf und zeigte auf etwas, was er durch das Fenster sehen konnte. Der Schweizer nickte nur, seine Finger spielten Gymnastik, doch die Fingerkuppen berührten sich die ganze Zeit, und ich war mir sicher, daß der Kerl betete. Seinen Gesichtszügen war anzusehen, wie krampfhaft locker er sich gab, wenn er einen kurzen Seitenblick zum Ami wagte. Macht sich in die Hosen vor Angst, ist aber ständig um Würde bemüht, notierte ich mir in Gedanken. Erst als das Flugzeug aufsetzte, entspannte sich sein Gesicht. Einen Moment lang wünschte ich mir, das Flugzeug möge auf der Landebahn in Stücke gerissen werden. Ich verwarf den Gedanken allerdings wieder, weil es mir nicht angebracht schien, wegen eines ängstlichen Bankers im Jenseits zu landen. Der Amerikaner wurde plötzlich ganz still, und ich dachte, daß es vielleicht so etwas wie eine Postlandedepression gab, weil mir schon öfter aufgefallen war, daß Menschen, die während des Fluges ausgelassen und fröhlich waren, nach der Landung einen ausgesprochen trübsinnigen Eindruck machten. Der Schweizer aber hatte die Angst auf seinem Sitz zurückgelassen und marschierte nun zielstrebig hinter mir her. Erst nachdem ich abrupt stehenblieb, ihn passieren ließ und dann langsam weiterging, fühlte ich mich nicht mehr von ihm bedroht. Vermutlich würde er auch beten, wenn es darum ging, ein paar tausend Leute auf die Straße zu stellen oder seinem in die Jahre gekommenen Vorgesetzten den Dolch in den Rücken zu stoßen. Was bei der Landung klappte, konnte man auch beim Aufstieg versuchen.

Im Taxi kehrte ich Straße um Straße nach Zürich zurück. Der Taxifahrer war Grieche, sein Sohn lebte in Seattle. Er sagte, er habe Angst davor, so lange im Flugzeug zu sitzen, und sei deshalb noch nie drüben gewesen. Ich erzählte ihm, daß die beiden Flüge ausgesprochen ruhig verlaufen seien und man zur Not beten könne, was aber den Flug nur unwesentlich verkürze. Darüber lachte der Grieche und schilderte mir die Begegnung mit einem Fahrgast, der ständig unverständliches Zeugs vor sich hin gemurmelt hatte. Der Grieche glaubte, er habe es mit einem betenden Geistlichen zu tun, bis sich herausstellte, daß der Gast seinen Einkaufszettel vergessen hatte und die Zutaten für ein asiatisches Rezept leierhaft wiederholte, um ja nichts zu vergessen.

In meiner Wohnung roch es nach faulendem Gemüse, mit silberner Watte überzogene Tomaten lagen auf einem Teller in der Küche. Ein Salatkopf war mit kleinen Fliegen übersät. Ich schmiß alles in eine Einkaufstüte, klebte sie zu und steckte sie in den Müllsack. Noch bevor ich die Post durchschaute oder den Anrufbeantworter abhörte, schenkte ich mir ein Glas Jack Daniels ein. Ein kleines Feuerwerk in der Kehle, bengalisches Leuchten und ein Vulkan im Magen. Ich ging einige Male in dem leeren Zimmer auf und ab, öffnete das Fenster, schloß es wieder und begann, den Koffer auszupacken. Er war gefüllt mit Dingen, die ich für andere Leute mitgebracht hatte. Leibchen, Embleme und eine CD-ROM von und über die Chicago Bulls. Dazu ein Badetuch der Blackhawks, verschiedene Souvenirs, die alle typisch nach Chicago aussahen und deshalb vermutlich auch in Zürich zu kaufen gewesen wären. Zu meinen Einkäufen gehörten auch eine Computerfestplatte und ein digitales Tonbandgerät, das in einem Geschäft an der South Wabbash Avenue verramscht worden war. Es war früher

Nachmittag, und der Alkohol schaukelte freundlich in meinem Magen. Die Kopfschmerzen hatten sich hinter die rechte Stirnseite zurückgezogen, ein regelmäßiges Pochen, das aber nicht mehr stärker wurde. Ich packte den Rest aus, setzte mich danach in den Sessel im Wohnzimmer und schaute mir im Fernsehen die News an. In den zwei Wochen hatte ich nur einige Male die *Tribune* gelesen und mich über das amerikanische Fernsehen gewundert, in dem eine Person wie Oprah Winfrey zur bestbezahlten Talkmasterin der Welt werden konnte. Eine Antwort fand ich höchstens darin, daß ihre ebenfalls gutbezahlte Konkurrenz noch um einiges unerträglicher war als sie. Über die Schweiz hatte ich nichts gelesen und auch nichts gehört, einmal abgesehen von Meldungen über Martina Hingis, die weltweit Sieg an Sieg reihte.

Die Zeitungen hatte ich abbestellt, zum erstenmal seit vielen Jahren, ich war zeitungsmüde geworden, schon lange bevor ich meine Kündigung eingereicht hatte. Den Anrufbeantworter ließ ich unangetastet, weil ich mir vorstellte, daß der eine oder andere Arbeitskollege mir ins Gewissen reden wollte. Acht Jahre hatte ich bei der Zeitung gearbeitet, ein braver Inlandredaktor, der sich mit jedem Jahr ein wenig mehr wegschrieb aus seinem Leben, zu einer funktionierenden Einheit wurde, die so gut funktionierte, daß man sie befördern wollte. Doch anstatt die Beförderung zum Ressortleiter anzunehmen, reichte ich meine Kündigung ein. Ich fühlte weder Erleichterung, noch bereute ich den Schritt. Einzig der Gedanke, mich noch einmal an meinen Schreibtisch zu setzen und mir selber dabei zuzuhören, wie ich meinen Schritt rechtfertigte, obwohl es nichts zu rechtfertigen gab, einzig dieser Gedanke bereitete mir einen kurzen Schwindel, den ich aber mit drei tiefen Atemzügen wieder verscheuchte. Aber es war noch nicht soweit. Zwei Wochen Chicago, zwei Wochen Zürich, so war es abgemacht. Da ich noch eine Menge Überstunden zu kompensieren hatte, blieben von meiner Kündigungszeit exakt 26 Arbeitstage, die ich noch absitzen mußte.

In der Post fand ich keinen Brief von der Zeitung, was mich beruhigte. Dafür entdeckte ich einen amtlich aussehenden Umschlag, auf den ich mir keinen Reim machen konnte. Er enthielt eine Vorladung der Bezirksanwaltschaft Zürich. Das Datum der Vorladung lag fünf Tage zurück, in dem Schreiben war nicht angegeben, worum es sich handelte. Ich dachte an meinen Wagen, den ich während meiner Abwesenheit bei einer Bekannten in der Garage abgestellt hatte. Ob sie damit gefahren war und einen Unfall verursacht hatte? Oder war er geklaut worden? Ich griff zum Telefonhörer und rief die angegebene Nummer an. Eine Frauenstimme meldete sich, verabschiedete sich wieder, und Musiksirup tropfte aus dem Hörer. Es dauerte lange, bis ich den Bezirksanwalt am Draht hatte. Er forderte mich auf, sofort bei ihm zu erscheinen. Ich fragte ihn nach dem Grund, erhielt jedoch keine Antwort. Er machte mich darauf aufmerksam, daß er mich holen lassen könne, ein Argument, das ich überzeugend fand. Ich fragte ihn, ob ich vorher noch duschen dürfe. Er sagte bloß, das sei meine Sache. Kein Humor, dachte ich.

3 Miltonduff

Wie immer, wenn ich darum gebeten wurde, pünktlich zu erscheinen, ließ man mich warten. In einem Raum, in dem drei Frauen tippten und telefonierten. Ständig kamen und gingen Leute, einige in Uniform. Ich blätterte in Broschüren, deren Inhalt mich nicht interessierte, versuchte eine der tippenden Frauen aus dem Konzept zu bringen, erntete aber nur einen kurzen Seitenblick. Der Jetlag breitete sich in meinem Körper aus wie billiger Fusel, drückte mir ab und zu die Augen zu. Ich zuckte jedesmal leicht zusammen, wenn ein Sekundenschlaf sein Ende nahm, weil sich wieder eine Tür öffnete oder ein Telefon klingelte. Ich fühlte mich plötzlich so, als würde ich wieder angeschnallt im Flugzeug sitzen. Softwareprobleme auf dem Nebensitz, leichte Turbulenzen. Die Watte um mich herum wurde dichter, das Geplapper nahm ich wie in einer leichten Narkose wahr. Ein Teil meines Gehirns hatte sich noch nicht damit abgefunden, wieder in Zürich zu sein. Funksignale aus Chicago. Vor dem Amtshaus der Buckingham Fountain, dazu der Duft frischer Bagels. Grotesk übergewichtige Amerikaner, schwarze und weiße, die in engen Shorts ihr Fett über die Straße wuchten. Aufdringliche Händler, die einem keine Minute Zeit lassen, die Waren in den Auslagen anzuschauen. What do you want? Just browsing. Und schon hält dir jemand eine scheußliche Statue unter die Nase. Echt antik und sowieso viel zu billig. Oder war das in Washington? Die Watte wurde löchrig, Zürich, Bezirksanwalt, wie hieß er doch gleich? Beinahe unmerklich schwand die Betriebsamkeit und machte einer ruhigen Feierabendstimmung Platz. Ich saß bereits seit einer Stunde herum und ärgerte mich darüber, kein Buch eingesteckt zu haben, wie ich das sonst immer tat, wenn ich einen Termin bei einem Amt oder einem Arzt hatte. Gerade als ich mich wieder bemerkbar machen wollte, gereizt und müde, rief mich eine der Frauen zu sich. Bezirksanwalt Mülhaupt sei jetzt frei. Mülhaupt, ich wiederholte den Namen einige Male in meinem Kopf. Sie führte mich aus dem großen Büro hinaus, durch einen langen Gang, an Dutzenden von Büros vorbei. Mir kam der Gedanke, daß dies die umgekehrte Form von Halbgefangenschaft war. Während man im Knast die Nacht verbrachte, saß man in den Büros den Tag ab. Redaktionsalltag. Acht Jahre lang. Mir schauderte bei dem Gedanken. Die Frau blieb vor einer der gleichförmigen Türen stehen, klopfte und öffnete sie.

«Bitte schön», sagte sie lächelnd und zeigte auf die halboffene Tür. Ich bedankte mich und trat ein. Mülhaupt wusch sich an einem Becken die Hände wie ein Arzt zwischen zwei Konsultationen. Er zeigte auf einen Stuhl, ohne sich vorzustellen oder mir die Hand zu reichen.

«Ich dachte, Sie wollten mich sofort sehen», sagte ich gereizt. Mülhaupt lächelte und setzte sich.

«Ich habe mehr als einen Fall zu bearbeiten», sagte er mit einem kurzen Seitenblick auf einen Stapel Akten.

«Miltonduff», sagte ich.

«Bitte?» sagte er.

«Nichts. Sie erinnern mich bloß an etwas.»

Er zuckte leicht mit den Schultern und suchte nach einer Akte. Der Miltonduff war ein Malt, der früher in einem Kloster gebrannt wurde. Doch nicht das war es, was bei mir Assoziationen weckte. Es war vielmehr Mülhaupts Kopf, seine Gesichtszüge erinnerten mich an die Etikette des Miltonduff. Ein rundes Doppelkinn, die Backenknochen nach unten ausladend, die Wangen leicht eingefallen. Haarbüschel seitlich am Kopf, während die Schädeldecke gelichtet war. Der breite Mund mit den nach oben verlaufenden Winkeln. Nur die Farbe paßte nicht. Die Etikette des Miltonduff war grün mit brauner und weißer Schrift, während Mülhaupt blasses Rosa trug.

Er blätterte in den Akten, ich sah Fotos, ohne jedoch zu erkennen, was darauf abgebildet war.

«Sie waren also in Chicago. Darf ich fragen, wann Sie abgereist sind und ob Sie die ganze Zeit in Chicago waren?»

«Zwei Wochen Chicago. Heute zurückgekommen. Vielleicht erläutern Sie mir, was ich in der Zwischenzeit verpaßt habe. Mit meinem Wagen scheint alles in Ordnung zu sein, eingebrochen wurde bei mir auch nicht.»

«Sie haben einen Anrufbeantworter?»

Ich nickte und wunderte mich. Gab es ein neues Gesetz, das Anrufbeantworter verbot?

«Haben Sie ihn nach Ihrer Rückkehr abgehört?»

«Ich bin erst vor ein paar Stunden angekommen, und ich hatte noch keine Lust, mir anzuhören, was andere von mir wollen. Ist das neuerdings ein Delikt?»

«Es gibt keinen Grund, gereizt zu reagieren.»

«Es gibt sogar mehrere. Jetlag, ewiges Warten und nebulöse Andeutungen. Kommen Sie bitte auf den Punkt.»

Er notierte sich etwas und fixierte mich dann mit seinen kleinen Augen.

«Sie sind Journalist? Redaktor bei der Zeitung?»

«Ich habe gekündigt.»

«Verstehe.»

Ich schüttelte den Kopf und gähnte demonstrativ. Als ich aufstand und einige Schritte machte, wurde Mülhaupt nervös.

«Setzen Sie sich bitte wieder.»

«Sagen Sie mir, weshalb Sie mich sprechen wollten, und ich setze mich.»

«Sie haben es nicht in der Zeitung gelesen?»

«Was, bitte schön, soll ich in der Zeitung gelesen haben?»

«Susanna Molina.»

«Susanna Molina?»

Der Name sagte mir nichts.

«Sie haben die Frau gekannt!»

Langsam dämmerte mir, worauf er hinaus wollte.

«Ist sie tot?»

Molina klang italienisch und rundlich. Susanna klang vertraut. Seltsamerweise fiel mir eine zahnlose Frau ein, die an der West van Buren Street Passanten anschrie, ohne daß sich jemand davon betroffen fühlte. God will punish you. Die Frau sah aus, als wäre sie bereits vor längerer Zeit bestraft worden.

Mülhaupt klopfte mit einem Bleistift auf die Akten, die vor ihm auf dem Schreibtisch lagen. Dann schoß ein Bild durch meinen Kopf. Eine Frau mit etwas fahrigen Bewegungen und einer Zigarette im Mundwinkel. Sue. Ich hatte völlig vergessen, daß sie mit Nachnamen Molina hieß. Mülhaupt schien zu registrieren, daß die Erkenntnis Schweißperlen auf meine Oberlippe zauberte. Er hielt mir ein Foto hin. Ich setzte mich wieder und schaute mir das Foto an. Ich zuckte unwillkürlich zusammen, stellte aber beruhigt fest, daß es kein Leichenfoto war, es zeigte Sue, als sie noch lebte.

«Sie wurde vor einer Woche ermordet aufgefunden.»

Das war am Samstag, als ich mit der *EL* vom Loop über den Kennedy Expressway ins Greektown fuhr. An der South Halsted aß ich Tzaziki und hörte griechische Gesänge.

«Sie haben die Tote gut gekannt?» Er lächelte leicht, was ihn mir nicht sympathischer machte. Sue zieht sich aus und kriecht unter die Decke wie ein scheues Schulmädchen. Alles Koketterie, verlegenes Lächeln, festkrallen, und dann zieht sie mich tief in sich hinein. Hatte sie den Tod auch in sich hineingezogen, oder kam er als ungebetener Gast? Mülhaupt räusperte sich. Sue ist jetzt angezogen und erzählt von einer Abtreibung.

«Ich habe über ein Jahr nichts mehr von ihr gehört. Ich habe sie nicht gut gekannt, wir sind uns heftig begegnet und haben uns sehr schnell wieder voneinander abgewandt.»

«Sie hatten eine Beziehung mit ihr?»

«Ein Wochenende, mehr nicht. Ich verstehe nicht, weshalb Sie überhaupt auf mich gekommen sind. Haben Sie ihr Tagebuch gelesen?»

«Soweit wir feststellen konnten, hat sie kein Tagebuch geführt.»

«Steht mein Name in ihrem Notizbuch?»

Mülhaupt zog eine engbeschriebene Seite aus einem Umschlag und las schweigend einige Zeilen, ehe er wieder zu mir hochblickte.

«Frau Molina wurde in der Nacht zum Samstag ermordet, vermutlich kurz nach Mitternacht. Ihre Leiche wurde um 8 Uhr aufgefunden. Die Rekonstruktion der letzten Stunden im Leben von Frau Molina hat ergeben, daß zwischen 21 Uhr und Mitternacht eine Lücke besteht. Vorher war sie zu Hause. Um 19.45 Uhr rief sie von ihrer Wohnung aus eine Freundin an, mit der sie sich für den darauffolgenden Tag zu einem Kinobesuch verabredete. Etwa um 21 Uhr verließ sie die Wohnung, fuhr mit ihrem Wagen weg, ohne daß wir wissen, wohin sie fuhr und mit welcher Absicht sie unterwegs war. Wir wissen nur, daß sie kurz vor Verlassen der Wohnung ihr Telefon benutzte. Sie hat diese Nummer hier angerufen.»

Er hielt mir einen Zettel hin, auf dem meine eigene Telefonnummer stand. Das war es also. Die Nachricht einer Toten. Ich holte mein Handy aus der Tasche und wählte meine Nummer. Mülhaupt winkte ab.

«Sie hat keine Mitteilung hinterlassen.»

Ich schaltete das Handy wieder aus und schaute ihn verblüfft an.

«Woher wissen Sie das?»

«Da wir Sie nicht erreichen konnten, sind wir aktiv geworden.»

«Sie waren in meiner Wohnung?»

Mülhaupt grinste.

«Wir haben unsere Spezialisten. Die Nummerncodes vieler Anrufbeantworter sind relativ simpel.»

«Ist das legal?» fragte ich.

«Angesichts der Sachlage hätte nichts gegen eine Wohnungsdurchsuchung gesprochen. Das Abhören des Anrufbeantworters schien mir das kleinere Übel zu sein, zumal ich davon ausgegangen bin, daß Sie während der Tatzeit tatsächlich nicht in Zürich waren.»

«Ohne dieses Alibi wäre ich jetzt Ihr Hauptverdächtiger?»

«Weshalb hat Frau Molina Sie angerufen?»

Darauf hatte ich keine Antwort. Sue hatte sich nie mehr bei mir gemeldet. Weshalb sollte sie es ausgerechnet an ihrem letzten Abend tun? Sie liegt wieder unter der Decke und flüstert mir zu, daß sie manchmal Angst davor hat, alt und einsam zu sterben. Sues Büchergestell bricht unter dem Gewicht von in Buchdeckel gepreßter Verzweiflung beinahe zusammen. Romane, Novellen, Tagebücher voller Lebenskrisen und Existenzängste.

«Vielleicht hat sie sich verwählt.»

Mülhaupt lächelte. Ich kam mir dämlich vor, weil ich unüberlegt geantwortet hatte. Auf der Hut sein, hier und überall. Südlich der North New Orleans eilte ich durch den Regen. Feindselige Blicke, jugendliche Schwarze in Gruppen. Einmal glaubte ich ein Klappmesser aufblitzen zu sehen. Noch einmal davongekommen, dachte ich, als ich wieder in der *EL* saß, die weiter Richtung Süden zum Oak Park fuhr. Ausflugsziel, putzige Häuser des Architekten Frank Lloyd Wright. Unter mir das Elend der Schwarzenghettos. Zerfallene Häuser, Fabriken ohne Fensterscheiben wie Köpfe ohne Augen.

«Ich weiß schon», sagte ich. «Wenn sie sich verwählt

hat, weshalb hat sie dann nicht noch eine andere Nummer gewählt?»

Mülhaupt machte sich Notizen und nickte.

«Ihre Nummer war als letzter Anruf auf ihrem Apparat gespeichert. Sie hat vermutlich kurz danach das Haus verlassen. Kann es sein, daß sie etwas bei Ihnen abholen wollte?»

Ich schüttelte den Kopf.

«Ich war nur zwei Tage bei ihr. Sie war nie in meiner Wohnung, und wir haben uns nichts geschenkt. Ich habe, wie ich schon sagte, über ein Jahr lang nichts mehr von ihr gehört, sie auch nicht zufällig getroffen.»

«Seltsam», sagte Mülhaupt leise.

Natürlich, dachte ich. Seltsam ist es, aber was geht es mich an? Sue hält die Kaffeetasse in beiden Händen, bläst sanft ihren Atem auf den heißen Kaffee. Du liebst eine andere, sagt sie, und ich schweige, weil sie recht hat. Drei Monate später kam ich zufällig an der Straße vorbei, in der sie wohnte. Ich klingelte, sie war nicht zu Hause oder öffnete nicht. Ich brauche dich jetzt, Sue. Am nächsten Morgen erwachte ich mit heftigen Kopfschmerzen.

Mülhaupt befragte mich zu meinen persönlichen Lebensumständen, wie er es nannte. Single, aber nicht allein, sagte ich. Arbeitslos, aber nicht ohne Arbeit. Keine Perspektiven, aber nicht hoffnungslos.

«Ich kann jederzeit wieder als Journalist einsteigen. Aber ich hoffe, daß ich nicht dazu gezwungen werde, es zu tun.»

«Was gedenken Sie künftig zu arbeiten?»

«Macht es mich verdächtig, wenn ich gedenke, diese Frage nicht zu beantworten?»

Mülhaupt kratzte sich an der Nasenspitze. Sue hält mir ein Foto hin. Ein Liebespaar vor einem zerbombten Haus. Es ist jederzeit alles möglich, sagt sie. Ihre Leiche wurde um 8 Uhr aufgefunden. 1 Uhr früh in Chicago. Saß ich an einer Bartheke und trank einen Wild Turkey? Mülhaupt sagte, ich könne jederzeit anrufen, wenn mir etwas einfalle, egal was. Jedes Detail ist wichtig, dachte ich. Der Tod drang in meinen Kopf. Sue lächelte nicht mehr. Chicago war jetzt eine Stadt am Lake Michigan, und Zürich war Sues Grab. Sue fröstelt, als wir es auf dem Fußboden machen. Ich friere oft, sagt sie, egal wie warm es draußen ist.

4 Ardmore

Ich verbrachte mehrere Stunden damit, auf dem Anrufbeantworter nach Sues Anruf zu suchen. Es waren zwölf Mitteilungen gespeichert, und neunmal vernahm ich das typische Knacken, das man hört, wenn jemand einhängt, ohne etwas auf das Band zu sprechen. Mit einem digitalen Anschluß hätte ich jeden Anruf zuordnen können. So aber hörte ich mich durch die Tage, rief bei Freunden und Bekannten an, fragte, wann sie auf mein Gerät gesprochen hatten, und kam so dem Knacken immer näher, jenem Knacken, das Sue hinterlassen hatte. Schließlich blieb nur noch ein Anruf übrig. Ich hörte ihn mir immer wieder an, ließ die Kassette zurückspulen, steckte sie in einen großen Radiorecorder, auf dem die Stimmen der Anrufer ganz natürlich klangen, während auf dem Anrufbeantworter alles ein wenig schäbig und schrill durch den Lautsprecher kam. Ich setzte einen Kopfhörer auf, um das Knacken besser hören zu können. Sie hatte ein, zwei Sekunden gewartet, so als überlegte sie sich, doch etwas aufs Band zu sprechen. Aber dann legte sie den Hörer wieder auf die Gabel. Letzter Anruf, danach bist du tot.

Ich saß da und konnte es nicht fassen. Ermordet, sagte ich mir immer wieder. Ich sah Sues Gesicht, ihren fragenden Blick, der einer entsetzlichen Angst wich.

Der Tod drang nicht zum erstenmal in mein Leben. Mein jüngerer Bruder hatte sich aus Liebeskummer das

Leben genommen, meine Mutter war an Krebs gestorben und ein Freund betrunken mit seinem Wagen in eine Hausmauer gedonnert. Wer lange lebt, stirbt viele Tode.

Ich las die Zeitungen, die ich mir besorgt hatte, Satz für Satz, alles über die Leiche, den Mord, die Umstände. Worthülsen, wie sie meine Kollegen produzierten, Sätze wie Textbausteine, achtlos kopiert für die nächste Müllabfuhr. Die Polizei und Bezirksanwalt Mülhaupt waren ratlos. Sue war nicht vergewaltigt worden, vermutlich auch nicht beraubt, kein Motiv in ganz Zürich, nur eine Tote, von der niemand wußte, weshalb sie mich anrief in jener Nacht, als sie noch lebte, ganz kurz. Klarer Himmel, 12 Grad, Mond und Sterne und Sue mit einem Messer im Bauch. Ihr Wagen wurde in der Nähe des Albisriederplatzes gefunden, weit weg, dreißig Minuten mindestens zu Fuß. Niemand hatte gesehen, wie sie ausstieg, niemand, wohin sie ging. Nachtstimmung im Industriegebiet. Schlafende Fabriken, und auf die Straße tropft Blut. Wo war sie geblieben, jene Nacht mit Sue, als ich sie zum erstenmal traf, zufällig wie der Strahl einer Taschenlampe?

Laute Musik wummerte durch den Raum, eine Gitarre heulte, und ein Schlagzeug stampfte wie eine Maschine durch die Bar. Neben mir saß Conny, das dritte Glas Champagner in der Hand, Augen wie Diamanten, die den Raum durchschnitten. Keine Zeit für Flirts, nur ein kurzes Abtauchen in die Sünde. Conny erzählte vom Sportjournalisten, der scharf auf sie war und in seine Reportagen griechische Götter und lächerliche Sprachbilder einflocht, um sie zu beeindrucken. Wöchentlich ein Kommentar, hier eine Trainerschelte, da ein Rat an einen Sportverband und natürlich permanent Analysen, die schon am nächsten Tag nichts mehr taugten.

«Ich hasse Sportjournalisten», schrie Conny in den verrauchten Raum.

«Er rechtfertigt sich dauernd. Sagt, daß er nur als Sportjournalist die Möglichkeit habe zu reisen, an olympische Spiele zu fahren oder sich an einer Weltmeisterschaft mit Hamburgern vollzustopfen. Schön und gut, aber wie intelligent kann ein Mann sein, der sich täglich mit unterbelichteten Sportlern abgibt, ohne dabei an Selbstmord zu denken? Ich denke fast täglich an Selbstmord, und dabei habe ich es nur mit unterbelichteten Politikern zu tun.»

Conny hatte sich in nur fünf Jahren von der freien Lokaljournalistin zur anerkannten Politredakteurin hochgeschrieben. In ihrem Leben hatte die Zeitung alles andere verdrängt. Ihren Mann, ihren Hund, den sie ihrer Schwester schenkte, und ein behagliches Leben in einer linken Wohngemeinschaft mit braven Lehrern und einer Umweltaktivistin, die davon träumte, im Rahmen einer Greenpeace-Aktion irgendwo angekettet zu werden. Conny hatte alles abgestreift wie Kleider, die sie zu lange getragen hatte. Nur ihre Tochter behielt sie, eine sechsjährige Diktatorin, die mit Gummihämmern auf Gäste einschlug und mit dem Löffel Teller zertrümmerte, auf denen nicht das lag, worauf sie Lust hatte. Conny zog in eine teure Wohnung, kaufte sich Designerklamotten und rätselte bei einer Flasche exquisitem Rotwein gerne darüber, weshalb nur bürgerliche Politiker erotisch auf sie wirkten.

Conny ging nicht oft in die Bar, die hauptsächlich von Medienleuten besucht wurde. Ich war eine Weile Stammgast, was zur Folge hatte, daß Kevin, der den Laden schmiß, immer mehrere Flaschen Maltwhisky vorrätig hatte. Als Sue in mein Scheinwerferlicht trat, stand ich an der Bar und nippte an einem Glas Ardmore, eine Premiere, da dieser Malt nur schwer erhältlich war zu jener Zeit. Sue kam auf uns zu und begrüßte Conny mit Wangenkuß. Conny stellte uns vor, doch im Lärm ging mein Name unter. Sue fragte mich erst danach, als wir schon in ihrem Bett lagen, daunenweich und umweht von Rosen, die aus einer Duftlampe dampften.

Conny schaltete auf theatralische Gesten um, was sie oft tat, wenn sie mit anderen Frauen sprach. Wie geht es, was machst du, how's your lovelife, all den Müll, der uns daran hindern soll, miteinander zu reden. Sue hatte keine Lust, über sich zu reden, verlegenes Lächeln, wenn sich unsere Blicke trafen, der schweigende Whiskytrinker und seine Zuversicht für eine Nacht.

Tot, tot, tot. Der Schrecken eines Computerspiels, in dem unvermittelt ein Feind auftauchte und schneller war. Game over, wenn man Glück hatte, reichte es für die Highscoreliste. In welcher Tabelle tauchte Sue auf nach ihrem Tod? Ungeklärte Verbrechen, wir bitten um Ihre Mithilfe. Ich stellte mir einen Abend vor, der sich hinzog wie ein Arztbesuch. Sue in ihrer Wohnung, eingeschlossen zwischen Kühlschrank und Kabelfernsehen. Wen anrufen, um das Gespenst der Einsamkeit zu vertreiben? Kommst du, willst du, möchtest du, die erniedrigende Suche nach einer Ausflucht. Schließlich der Griff zum Telefonhörer, sich räuspern, tief Luft holen und insgeheim der Wunsch, es möge niemand dasein. Fernes Tuten, ehe der Anrufbeantworter in die Leitung knackt. Keine Worte, nur eine Sekunde der Unsicherheit. Jetzt nichts wie raus in den Wagen, weg, wohin auch immer. Hatte es in Chicago geklingelt in meinem Ohr? Wenn jemand intensiv an dich denkt, klingelt es in deinem Ohr, sagte mein Großvater immer. Nenn mir einen Buchstaben, sagte er, und dann suchte er in seiner Erinnerung nach Namen, und manchmal lächelte er zufrieden, weil er zu wissen glaubte, wer in seinem Ohr angerufen hatte. Wenn ein Buchstabe zu keinem der gespeicherten Namen paßte, blieb er verstört sitzen. Falsch verbunden, sagte er dann nach einer Weile, doch sein Lächeln war ängstlich. Glaubte er, daß der Tod auch im Ohr klingelt, um seinen bevorstehenden Besuch anzukündigen? Ich habe ihn nie danach gefragt, auch nicht, weshalb er nach Großmutters Tod den alten schweren Telefonapparat durch einen neuen ersetzte.

Kein Klingeln in Chicago, auch sonst kein Zeichen, keine plötzliche Erinnerung. Ein Traum nur, in dem Conny auftauchte, auf Rollerblades durch den Grant Park fuhr und doch immer auf gleicher Höhe mit mir blieb. Die lebende Sue hatte sich nicht mehr in mein Bewußtsein geschlichen, erst die tote Sue verlangte nach neuer Aufmerksamkeit.
Das Band lief und lief, ich kopierte es, aus Angst davor, die Stelle irrtümlich zu löschen. Warum nur wurden Gedanken nicht gespeichert wie Worte, die man sprach? Sue in ihrer Wohnung, im Schneidersitz, das Telefon auf dem Schoß. Sonntagnachmittag, es wird Zeit für mich zu gehen. Schon

gut, sagt sie. Keine Worte zum Abschied, zwei Routiniers am Tag danach. Hast du nichts vergessen? Ich fahre morgen für ein paar Tage nach Italien. Beneidenswert. Erleichterung, als die Tür zugeht. Keine schlechten Gedanken, keine Reue, abgehakt, ein Wochenende in einer fremden Wohnung, einem fremden Körper. Zwei Seelen, die sich berühren und wieder voneinander entfernen. Ein paar Tage später erkundigte sich Conny, verschmitzt und argwöhnisch zugleich. Sue ist nicht einfach, einmal bist du ihr nah und dann wieder fern, sagte sie. Ich hatte mich in Conny verliebt, aber ich sprach mit ihr nicht darüber. Auch später nicht, als ich Connys Geliebter wurde, dann, wenn sie Lust hatte und ihre Tochter nicht da war. Hast du dich in Sue verknallt? fragte sie, und ich lachte und kam mir gemein vor, weil sich das Lachen gegen Sue richtete und es weh tat.

Conny trank ein viertes Glas und lachte laut über Dinge, die nicht komisch waren. Sue lachte nicht mit, sie blieb auch nach dem zweiten Glas Rotwein ernst, ihre Augenlider flatterten, wenn sie einen Punkt in der Bar zu fixieren versuchte. Hastige Züge an einer Zigarette. Ein bärtiger Mann, der aus dem Mund stank, stellte sich vor Conny hin und schaute sie fragend an. Es dauerte eine Weile, bis sich Conny an ihn erinnerte. Die beiden unterhielten sich, und ich spürte, wie Sues Ellbogen meine Hüfte streifte. Sie lächelte, wandte sich aber sogleich wieder ab. Der Bärtige erzählte Conny, er werde zu einer Wochenzeitschrift wechseln. Man habe ihn angefragt, sagte er stolz. Es gibt viel zu viele Zeitschriften in diesem Land, sagte Conny und drehte ihren Kopf weg, vermutlich, um dem schlechten Atem des

Bärtigen auszuweichen. Sue ging plötzlich weg, schaute sich aber nach mir um, als sie Richtung Toilette verschwand. Conny und der Bärtige tauschten Tratsch über Kollegen aus. Es kamen immer mehr Leute in die Bar, es wurde eng, eine Lederjacke rieb sich an meiner Schulter, ein Kerl wie ein Baum, glatzköpfig, bestellte sich ein Bier. Drei grinsende Schreiberlinge eines Nachrichtenmagazins versperrten mir den Blick zur Toilette. Ich machte mich breit und drückte einer Frau meinen Ellbogen in den Rücken. Sie wich zur Seite, ohne sich nach mir umzudrehen. Es wurde unerträglich, und Conny freute sich. Ihr gefiel es, andere Körper zu spüren, doch der Gestank des Bärtigen schien sie zu nerven. Sie schaute ihm kaum noch ins Gesicht, redete an ihm vorbei, schnappte nach Luft, wenn er sprach. Sie kam mir jämmerlich vor in ihren Bemühungen. Weshalb sagte sie dem Kerl nicht, daß er stank? Weshalb sagte ich mir nicht, daß es mich ankotzte unter all meinen Kollegen? Sue erschien nicht mehr, mein Glas war leer, und ich hatte keine Lust, noch etwas zu bestellen. Der Bärtige war plötzlich weg, Conny grinste mir zu, schaute sich gleichzeitig nach anderen Leuten um und war schon Sekunden später wieder in ein Gespräch vertieft. Zwischendurch stoppte die Musik, und die lauten Stimmen wirkten seltsam fremd und deplaziert. Es gelang mir, mich zu lösen, die Bar zu verlassen. Auch draußen standen Leute herum und tranken. Sue unterhielt sich mit einem Mann mit langem strähnigem Haar. Ein fahler Mond illustrierte die Szene. Sie ist schön, dachte ich plötzlich und starrte neidisch auf den Mann, dessen rechte Hand auf Sues Schulter ruhte.

5 Glen Garioch

Conny wohnte im Seefeld, in einer großen Vierzimmerwohnung mit Terrasse und Nachbarn, die alle wie gutverdienende Akademiker aussahen. Sie war erkältet und hielt eine dampfende Tasse Tee in der Hand.

«Ich habe Sue nicht sehr gut gekannt. Früher haben wir uns öfter getroffen, aber seit ich bei der Zeitung arbeite, habe ich sie kaum noch gesehen.»

Die bleiche Haut paßte gut zu Conny, sie sah aus wie eine zerbrechliche Figur aus Elfenbein. Die Haare trug sie zusammengebunden, was ihr spitzes Gesicht zusätzlich betonte. In ihrer Wohnung standen nur wenige Möbel, alles edle Designerstücke, die immer, wenn ich da war, so aussahen, als habe sie gerade jemand mit dem Putzlappen gereinigt. Die Bilder an den Wänden paßten gut zu den Möbeln, eines war von einem jungen Berner Maler, der gerade groß in Mode war. Die Wohnung machte auf mich den Eindruck von Ausstellungsräumen, als ob Conny darauf wartete, daß endlich das richtige Publikum erschien. Verleger, Chefredakteure, erfolgreiche Unternehmer.

Conny bot mir einen Whisky an. Ich schüttelte den Kopf und betrachtete die Flasche, die seit einem guten halben Jahr in Connys Wohnung herumstand und der einzige Beweis dafür war, daß ich ab und zu bei ihr vorbeikam. Conny nieste, und ich lachte. Ich wußte, daß sie es haßte, krank zu sein. Sie schluckte wahllos homöopathische Tabletten und Tropfen, schreckte auch nicht vor tibetanischen

Heilkräutern zurück und war dennoch häufiger erkältet als ich. Ich mochte sie, wenn sie krank war, auch wenn ich wußte, daß Sex an solchen Tagen tabu war. Wenn sie krank war, fluchte sie, beklagte sich und redete stundenlang über den Sinn des Lebens. Manchmal stellte sie ihr Dasein ganz in Frage und sprach vom Auswandern, was ich aber nie sehr ernst nahm. Kaum war dann die Erkältung weg, funktionierte sie wieder als karrierebewußte Frau mit Stil, die jeden und jede für ihre ehrgeizigen Ziele einspannen konnte. Conny schneuzte sich die Nase und zeigte auf den Bonsai, der neben dem Eßtisch stand.

«Eine Bekannte von mir hatte auch so einen. Hat ihn einfach weggeschmissen. Und weißt du warum? Weil sie sich ein paar Tage lang nicht gut fühlte und glaubte, der Baum habe eine negative Ausstrahlung. Ein paar Tausender einfach in den Müll geschmissen. Ach, ich fühle mich beschissen. Erzähl mir von Chicago. Stimmt das mit dem Wind? Ich habe gelesen, daß es zwischen den Hochhäusern Fallwinde gibt, die Passanten in die Luft heben können.»

«Ich habe keine fliegenden Passanten gesehen. Erzähl mir von Sue.»

«Sue ist tot.»

Es war Trotz in ihrer Stimme. Conny redete oft über den Tod, die Todessehnsucht, die sie manchmal erfaßte wie eine Attacke, gegen die sie sich wehren mußte. Doch all das Gerede über den Tod hatte nichts mit dem echten Tod zu tun. Sue war echt tot. Dagegen halfen keine Durchhalteparolen.

«Ich fühle mich elend, ich möchte jetzt nicht über Sue reden.»

«Ich kann später wieder kommen.»

«Ich möchte auch später nicht über Sue reden.»

«Hast du Angst davor?»

«Quatsch.»

«Ich habe mit ihr geschlafen, damals.»

«Ich weiß.»

«Sie hat versucht, mich anzurufen, an jenem Abend, als es geschah.»

«Tatsächlich?»

«Das beschäftigt mich», sagte ich und spürte, wie sich mein Gesichtsausdruck veränderte. Für jede Lebenslage das passende Gesicht. Alles einstudiert und mehrfach erfolgreich angewandt. Nur manchmal, wenn wir überwältigt wurden von Gefühlen, konnte es passieren, daß wir unser Programm vergaßen. Gelächter auf dem Friedhof, Tränen der Freude. Echt war nicht das, was echt wirkte.

«Warum hast du bei der Zeitung gekündigt?»

Ich hörte den Unterton, einen Vorwurf, ich hatte etwas Unverschämtes getan, ohne Conny vorher zu fragen.

«Du schmeißt deine Karriere einfach so hin. Bist du noch bei Trost?»

«Mir geht es gut», sagte ich und kam mir lächerlich vor dabei.

«Sue war auch eine, die sich treiben ließ», sagte sie leise, ohne mich dabei anzuschauen.

«Und die dafür bestraft wurde? Ist es das, was du denkst? Sue, die sich selber zum Opfer machte, weil sie nicht so zielstrebig war wie du?»

«Was weißt du schon?» sagte Conny und pustete sanft in die Tasse.

«Das ist es ja», sagte ich. «Ich weiß nichts über sie. Und ich habe keinen blassen Schimmer, weshalb sie an jenem Abend mit mir reden wollte.»

«Männer sind entsetzlich sentimental. Wird eine Frau umgebracht oder nimmt sich das Leben, glauben danach alle Männer, die sie gekannt haben, sie hätten sie retten können. Das wollt ihr doch, oder? Uns das Leben retten, damit wir euch auf ewig dankbar sein müssen. Und das alles nur, weil euer Ego es nicht verkraftet, daß ihr das eigene Leben einer Frau verdankt.»

Sie lachte höhnisch und wischte sich mit dem Handrücken über die Nase. Ich ging auf sie zu und setzte mich in den Sessel ihr gegenüber.

«Ich bin ansteckend», sagte sie.

«Sues Tod geht dir an die Nieren, so ist es doch, oder?»

«Ja, Herr Doktor.»

«Das ist einer der Gründe, weshalb ich weg will von der Zeitung. All diese Leute, die nichts mehr an sich heranlassen. Diese gespielte Empörung, das scheinheilige Engagement. Das ist alles hohl und verlogen.»

«Journalisten werden entweder Zyniker oder Alkoholiker, die meisten beides zusammen. Das gilt auch für Ärzte, Rechtsanwälte, Werber, Schauspieler und Autoverkäufer. Die meisten Menschen sind zu schwach, um etwas durchzuziehen, um eine einigermaßen gerade Linie in ihr Leben zu bringen. Ich habe dich immer für stark genug gehalten. Und was ist jetzt? Willst du Gedichte schreiben? Du weißt, daß ich Literaten nicht mag.»

Ihr Lächeln wurde versöhnlicher, doch ich wußte, daß es nur an der Erkältung lag. Wenn sich Conny an etwas festbiß, ließ sie nicht locker, bis sich das Opfer nicht mehr regen konnte oder wollte. Jetzt hustete sie und schwitzte, sie benötigte ihre Energie, um nicht vor den Viren zu kapitulieren.

«Morgen will ich wieder auf dem Damm sein», sagte sie, wie um mir zu bestätigen, daß sie Gedanken lesen konnte. Vielleicht konnte sie es. Conny würde es niemandem verraten und diese Fähigkeit benutzen wie ein Instrument, auf dem nur sie alleine spielen konnte.

«Was ist, wenn du wüßtest, daß sie dich anrufen wollte in jener Nacht?» fragte ich.

«Du weißt, daß ich solche Fragen nicht mag. Journalisten sollten nicht spekulieren. Auch keine Voraussagen machen und keine Ratschläge erteilen. Wir sind dafür zuständig zu schreiben, was Sache ist. Den Jungen muß ich das täglich eintrichtern. Wenn wir dazu geboren wären, diese Scheißwelt zu verändern oder in das Geschehen einzugreifen, dann hätten wir uns einen anderen Job gesucht. Sue ist ermordet worden. Da gibt es kein Was-wäre-wenn. Nur Fakten. Eine Frau, die von einem Mann erstochen wurde. Geschieht jeden Tag mehrmals auf diesem Planeten. Weshalb sollten ausgerechnet wir dazu erkoren sein, nie mit so etwas konfrontiert zu werden?»

«Keine Gefühle? Nichts?»

«Du meine Güte. Natürlich hatte ich Gefühle, als ich es hörte. Wut, Ohnmacht, Ratlosigkeit. Aber soll ich heulen, wenn keine Tränen da sind? Sue war keine Freundin, nur eine Bekannte. Ich habe nie mit ihr geschlafen.»

«Das allein ist es nicht», sagte ich vage.

«Natürlich nicht. Du warst nicht da, als sie dich angerufen hat. Schlechtes Gewissen, unruhige Nächte. Das geht vorbei. Du hast dir nichts vorzuwerfen.»

«Ich habe Zeit. Zeit, um mehr über Sue zu erfahren.»

«Jetzt verstehe ich», sagte sie und stellte die Tasse auf den Salontisch, der zwischen uns stand. «Du denkst an eine Geschichte. Du willst über Sue schreiben?»

«Vielleicht», sagte ich.

«Und ich dachte schon, du hättest eine Gehirnwäsche hinter dir. Erinnerst du dich an Luchsinger?»

«Den Rothaarigen mit der platten Nase?»

«War drei Jahre Deutschlandkorrespondent, ehe er in der Versenkung verschwand. Jetzt ist er bei Scientology. Was für ein Scheißleben. Ich habe Luchsinger immer für einen harten Kerl gehalten. C'est la vie.»

«Hast du mit ihm geschlafen?»

«Ich schlafe nicht mit jedem, den ich für einen harten Kerl halte. Die meisten klammern sich am Morgen an mir fest und beginnen von einer gemeinsamen Zukunft zu schwafeln. Die möchten alle Vater spielen für Salome.»

«Wie geht es ihr?»

«Das hat dich noch nie gekümmert. Lassen wir es dabei.»

Sie stand auf und stöhnte dabei übertrieben laut und faßte sich ins Kreuz. Sie ging zu der kleinen Bar und goß sich einen Baileys ein.

«Die einzige Art Whisky, die ich ertrage. Du trinkst immer noch täglich zwei, drei Malts?»

«Mehr oder weniger.»

«Also gut, laß uns über Sue reden.»

Sie ließ sich ins Sofa fallen und klopfte mit der Hand auf

das Leder. Ich stand auf und setzte mich zu ihr. Sie strich mir kurz durchs Haar und lächelte.

«Wenn ich wieder okay bin, ruf ich dich an. Du bist doch noch solo, oder?»

«Immer noch der preisgünstigste Callboy der Stadt.»

«Mit Bauchansatz und schlaffen Muskeln. Ich muß heute noch lachen, wenn ich an die Geschichte mit dem Italo denke.»

Conny hatte sich einmal einen Callboy auf ein Hotelzimmer bestellt. Ein arroganter junger Italiener erschien, der ihr auf lächerlichste Art und Weise den Latin Lover vorspielte. Sie bekam Lachkrämpfe und schmiß den Typen hinaus. Er war dermaßen beleidigt, daß er noch eine Stunde später vor dem Hotelzimmer stand, abwechselnd fluchend und darum flehend, seine Manneskraft unter Beweis stellen zu dürfen. Conny suchte sich gerne Männer für eine Nacht, doch die meisten verliebten sich in sie, was sie als störend empfand. Sie wollte nicht, daß ihre Tochter am Frühstückstisch ständig neue Onkels kennenlernte oder sich an einen Onkel zu sehr gewöhnte.

«Was mich mit Sue verband, war unser Horror vor einer festen Beziehung», sagte Conny. «Die Freundinnen, mit denen ich ab und zu ausgehen konnte, wurden immer rarer. Sie verschwanden in einer Beziehungskiste oder redeten nur noch über Kinder. In den ersten zwei, drei Jahren war das bei mir auch so, aber die reden auch nach fünf Jahren nur noch über ihre Kinder. Sue hatte keine Kinder und keine feste Beziehung. Und sie redete auch nicht dauernd über Männer und die Liebe und über Sex.»

«Sue war Fotografin. Konnte sie davon leben?»

«Ich weiß nicht, ob sie gut war, auf jeden Fall sehr eigenwillig. Ich habe einige ihrer Arbeiten gesehen. Aber sie verkaufte sich miserabel, lebte von der Hand in den Mund. Kleinere Aufträge, ein paar Reportagen. Sie war ganz anders, als die Fotografen, die ich kenne. Sehr ernst, schweigsam, nie aufdringlich. Das hat mir an ihr gefallen, sie akzeptierte meinen Ehrgeiz, ohne selber ehrgeizig zu sein. Ich habe ihr hin und wieder einen Auftrag zugeschanzt, aber wir haben uns kaum gesehen. Ab und zu in einer Bar oder an einer Party. Ich mochte sie, aber wir haben nie einen richtigen Draht zueinander gefunden. Deshalb ist es auch schwierig für mich, darüber zu reden. Was hat sie mir bedeutet? Wie nahe geht mir ihr Tod? Ich weiß es nicht. Die Nachricht war ein Schock, du glaubst zuerst, daß das gar nicht sein kann. All die Morde, über die du liest und schreibst, das sind doch alles Fremde, Unbekannte, die einen nichts angehen. Und plötzlich hat der Tod ein vertrautes Gesicht.»

Connys Stimme wurde leiser und ihr Glas leerer. Ihre Wangen waren gerötet, und Schweiß bildete sich auf ihrer Stirn. Ich legte eine Hand darauf, Conny schob sie energisch weg.

«Keine Doktorspielchen jetzt.»

Sie trank ihr Glas leer, stand auf und ging zum Fenster. «Es ist seltsam, wie Sätze, die man hundertmal vorher gehört hat, plötzlich eine neue Bedeutung bekommen. Da draußen läuft ein Mörder frei herum. So ist es doch jetzt, oder? Ein Mörder, mehrere Mörder. Wie viele Morde bleiben ungeklärt?»

Ich schwieg. Conny drehte sich wieder zu mir und kaute an einem Fingernagel.

«Ich war wütend, als ich von deiner Kündigung gehört habe. Weshalb hast du mir nichts davon gesagt?»

«Du hättest versucht, mich umzustimmen.»

«Und ob ich das getan hätte. Du bist hervorragend geeignet für den Job. Du kannst mit Leuten umgehen, und du bist ein verdammt guter Journalist. Wovor hast du Angst?»

Ich schüttelte den Kopf. «Es geht nicht um Angst. Ich kann mir sogar vorstellen, einen guten Ressortleiter abzugeben. Ich kann mir vorstellen, auch diese Rolle gut zu spielen. Genauso wie ich den Journalisten gut gespielt habe. Und all die anderen Rollen. Aber ich mag nicht mehr spielen.»

«Das klingt nach Lebenskrise.»

«Vielleicht ist es eine. Vielleicht nur eine Neuorientierung.»

«Paß auf dich auf.»

Ich schaute sie überrascht an. Ihre Stimme war ernst, ihr Gesicht wirkte besorgt.

«Mir geht es gut», sagte ich und lachte.

«Ich mußte gerade an Andrea Catrina denken. Als ich bei der Zeitung anfing, hörte er auf. Einfach so. Erinnerst du dich?»

«Er hatte einen Unfall, oder?»

«Er wollte sein Leben neu regeln. Trennte sich von seiner Frau, kündigte die Stelle, zog nach Basel. Er war voller Zuversicht. Eines Morgens ging er zum Bäcker um die Ecke, um sich Brötchen zu kaufen. Gleichzeitig bog ein älterer Mann mit seinem Wagen in die Straße ein. Der Mann hatte am Steuer einen Herzinfarkt. Der Wagen rollte führerlos auf den Gehsteig und überfuhr Catrina. Er war auf der Stelle tot.»

Ich nickte. Die Geschichte hatte damals zu reden gegeben. Ein Tod so absurd, daß er ein Lachen provozierte. Wir schwiegen eine Weile, bis ich aufstand und Conny umarmte. Sie wehrte sich nicht, lehnte ihren Kopf an meine Schulter.

«Ich mag nicht über den Tod nachdenken. Er mischt sich in das Leben wie ein ungebetener Gast. Er soll sich verpissen und mich in Ruhe lassen.»

Sie stieß mich weg und ging zur Stereoanlage. Mozart erklang, und Conny entspannte sich wieder.

«Ich ruf dich an, wenn ich wieder okay bin», sagte sie und streckte mir die Hand entgegen. Ich drückte sie und küßte Conny auf die Stirn. Der kalte Schweiß schmeckte nicht salzig.

6 Bunnahabhain

Ich saß auf einer Parkbank an der Sihlpromenade. In einer Hand hielt ich ein Buch, das ich zuvor gekauft hatte. Doch es gelang mir nicht, mich auf den Inhalt zu konzentrieren. Immer wieder schweiften meine Gedanken und auch mein Blick ab. Die Vorstellung, gemütlich dazusitzen und in einem Buch zu lesen, hatte in mir ein Glücksgefühl ausgelöst, das jedoch verflog, als ich es in die Tat umsetzte. Ich überlegte mir Antworten, für den Fall, daß jemand von der Zeitung mich sehen und ansprechen würde. Es gab keine Antworten, nur Vermutungen. Ich scheute davor zurück, Patrick Jucker anzurufen, der in der Zeitung über den Mord an Sue geschrieben hatte. Ein junger, nicht unsympathischer Kollege, der zu Übertreibungen neigte, fast immer die gleichen Klamotten trug und sich so schlecht rasierte, daß er täglich Blutkrusten am Kinn herumtrug. Jucker hatte zwei Jahre lang an Kokainsucht gelitten, sich hoch verschuldet und war beinahe im Knast gelandet. Seit er clean war, stotterte er seine Schulden ab und trank Unmengen von Grüntee, angeblich, um seinen Körper vollends zu entgiften. Der Gedanke erheiterte mich. Ich lehnte mich zurück und las die Kurzbiographie im Klappentext des Buches. Unspektakulär. Ein Professor, der mit fünfzig plötzlich zu schreiben begonnen hatte. Man kann jederzeit wieder etwas anderes tun, dachte ich, und dies stimmte mich zuversichtlich. Wenn mich jemand fragte, weshalb ich Journalist geworden war, so wußte ich darauf keine Antwort, die mir selber glaubwürdig erschien. Ich hatte vier Semester Geschichte studiert, bis ich einsah, daß ich mich als Historiker zu Tode langweilen würde. Während des Studiums begann ich für Zeitungen zu schreiben. Ohne Ambitionen, ich verdiente ein wenig Geld damit, und die Artikel kamen auf den Redaktionen gut an. Ich brach das Studium ab und bewarb mich bei einem Lokalblatt. Zu meinem eigenen Erstaunen wurde ich sofort engagiert. Es folgte der übliche journalistische Kleinkram. Ich schrieb über unerträglich öde Gemeindeversammlungen, über dumme Politiker, überflüssige Bauprojekte, peinliche kulturelle Veranstaltungen und über Feuerwehrfeste. Spätestens nach dem fünften Feuerwehrfest galt ich als bestandener Redakteur. Als ich eine Anfrage von der Zeitung erhielt, sagte ich sofort zu, weil es in der Stadt keine Feuerwehrfeste gab. Irgendwann stellte ich fest, daß für mich nur noch eine Welt des Journalismus existierte. Die Leute, die mir auf die Nerven gingen, die Frauen, mit denen ich das Bett teilte, die Freunde, mit denen ich in teuren Restaurants aß: alle hatten sie mit Journalismus zu tun. Meine Ambitionen waren gering. Ich wollte weder Chefredakteur werden, noch schrieb ich heimlich an einem Roman, wie so viele meiner Kollegen. Einer von ihnen, er hieß Baum und sah aus wie eine kranke Tanne, fiel jedesmal in eine tiefe Depression, wenn wieder ein Erstling von einem Autor oder einer Autorin erschien, die jünger waren als er. Da er selber nicht fähig war, mehr als zwanzig Seiten seines Romans fertigzuschreiben, gab er irgendwann auf und verlegte sich darauf, jungen Schriftstellerinnen nachzusteigen. Er heiratete schließlich die Freundin einer Schriftstellerin, zog nach Lausanne und arbeitete beim welschen Radio.

Ich bog meinen Kopf nach hinten und betrachtete die Wolkenformation, die sich vor die Sonne geschoben hatte. Für Sue gab es keine solchen Bilder mehr. Eine helle Wolke, die sich wie ein großes Raumschiff über den Himmel bewegte. Sue zeigt mir einige ihrer Fotos. Farbfotos, denen aber jede Farbigkeit abhanden gekommen ist. Momentaufnahmen aus einer Betonwüste in Bern. Fahle Gesichter spielender Kinder in einer Sandgrube. Hier bin ich aufgewachsen, sagt Sue und zeigt auf ein Hochhaus, das verloren in einer Graslandschaft steht. Mußte man so weit zurückgehen, um zu verstehen? Ich hatte meine Kindheit vor vielen Jahren schon abgehakt und kaum noch Gedanken daran verschwendet. Sue zeigt mir ein unscharfes altes Foto in Brauntönen, auf dem zwei Mädchen zu sehen sind. Eines von den beiden Mädchen bin ich, sagt sie, und ich tippe auf das falsche.

Die Sonne spiegelte sich in den Glasscheiben des Bürogebäudes am Stauffacher. Ich kaufte mir ein Sandwich und schmiß es nach zwei Bissen weg, weil das eingelegte Salatblatt faul aussah. Über eine Stunde war ich vor dem Haus, in dem Sue gelebt hatte, auf und ab gegangen. Das Schild mit ihrem Namen war entfernt worden. Ich dachte an den Mann, der in Chicago ein halbes Jahr lang tot in seiner Wohnung lag, unbemerkt, da die Miete und die Telefonrechnung automatisch von der Bank bezahlt wurden. Die eigene Wohnung als Gruft, niemand, dem seine Abwesenheit auffiel. Sues Tod war ein öffentlicher Tod, bis der Täter überführt wurde. Ich hatte nur zweimal über Tötungsdelikte geschrieben. Beide wurden schnell aufgeklärt. Um die ungewöhnlichen Fälle stritten sich oft mehrere Kollegen. Mysteriöse Verbrechen waren beliebt wie politische Skandale, solche Artikel wurden gelesen. Trotz meiner Ambitionslosigkeit war ich in meinem Beruf nicht ohne Ehrgeiz. Doch beschränkte sich dieser darauf, aus jungen, unerfahrenen und manchmal auch ziemlich unbedarften Kollegen einigermaßen brauchbare Schreiber zu machen. Seltsamerweise schien ein Zusammenhang zu bestehen zwischen Mangel an Talent und übertriebenem Ehrgeiz. Vielleicht kam es daher, daß einige meiner dümmsten Kollegen Leitartikel und Kommentare schrieben, während gleichzeitig großartige Talente irgendwo in der Leserbriefredaktion verschwanden und nie wieder auftauchten. Bei der Zeitung hielten sich alle für großartige Schreiber, was auf die Dauer unerträglich war. Wie unerträglich es für mich bereits geworden war, realisierte ich erst, als man mich zur Beförderung vorschlug. Noch am selben Tag war für mich klar, daß ich die Zeitung verlassen würde.

Mit der Kündigung verschob sich meine Wahrnehmung. Ein wenig verwirrt betrachtete ich die Menschen, die nach Büroschluß aus den Häusern eilten, um möglichst rasch nach Hause zu kommen. Ich gehörte nicht mehr dazu, fühlte mich aber auch nicht frei, stand mit einem Bein noch in meinem alten Leben. Minutenlang beobachtete ich an der Tramhaltestelle fasziniert und angeekelt zugleich, wie sich die Tramwagen entluden wie geplatzte Därme, wie die dampfenden Passanten ausstiegen und umstiegen. So muß es sein, dachte ich, und lachte über meine Unfähigkeit, mich abzuwenden. Wie ein Rentner, der für nichts mehr gebraucht wird, stand ich den Leuten im Weg, ließ mich anrempeln und von müden Augen mustern. Sie alle hatten über Sues Tod gelesen, es im Radio und Fernsehen gehört und gesehen, darüber gesprochen. Und doch war Sues Tod jetzt weit weg für sie, während er mir immer näher kam, mich begleitete auf meinem Weg durch eine Stadt, die mir fremd erschien, fremder als Chicago, fremder als jede andere Stadt dieser Welt. Ich wollte am Abend an den Ort fahren, wo Sue ermordet worden war. Dunkel mußte es sein, die Straßen wieder trocken nach einem Regenguß am frühen Abend. Mein Puls beschleunigte sich bei dem Gedanken, mein Magen verkrampfte sich ein wenig. Ich löste mich von der Tramhaltestelle, ging zügigen Schrittes weg, betrachtete mein Gesicht im Spiegel der Schaufenster. Sue zündet sich eine Zigarette an, und ich schnuppere an dem Tabak. Ich schaffe es nicht, damit aufzuhören, sagt sie. Ich nehme ihr die Zigarette aus dem Mund und inhaliere tief. Irgendwann werde ich wieder damit anfangen, sage ich. Wir sitzen entspannt auf dem Bett und schweigen. Sue wiegt ihren Körper zu einem Lied, das in ihrem Kopf spielt. Manchmal kann das Leben ganz einfach sein, sagt sie. Manchmal, sage ich und nicke.

7 Johnnie Walker

In der Bar war es eng und laut. Neben mir kommentierte eine Gruppe junger Leute einen Film, der den Frauen besser gefallen hatte als den Männern. Zwei von ihnen machten sich darüber lustig, der dritte versuchte die Argumente der Frauen zu stützen und erhoffte sich dadurch Pluspunkte im Kampf um das Ticket für eine Nacht. Ohne daß ich es wollte, hatte sich Bruno zu mir gesellt und mit ihm zwei Frauen und ein Mann, die ich nicht kannte. Bruno arbeitete beim Fernsehen für ein Informationsmagazin, das jede Woche den Versuch unternahm, in kurzen Beiträgen ganze Völkertragödien zu erklären. Bruno reiste regelmäßig in Krisengebiete und war so etwas wie ein Kriegsberichterstatter. Er erzählte den beiden Frauen Anekdoten aus Bosnien und Ruanda. Eine der Frauen hörte ihm mit offenem Mund zu und schüttelte alle paar Sekunden den Kopf. Die andere schien sich zu langweilen, hörte aber trotzdem lieber Bruno zu als dem blonden Mann neben ihr, der vergeblich versuchte, sich in die Diskussion einzumischen. Ich schwieg und machte auch keine Anstalten, mich an dem Gespräch zu beteiligen. Bosnien und Ruanda langweilten mich. Alle schüttelten fleißig den Kopf und ereiferten sich. Wahnsinn, grauenhaft, entsetzlich. Alles Worte, mit denen man auch eine Quizshow im Fernsehen kommentieren konnte. Bruno war ein ziemlich unansehnlicher Mann. Etwas zu klein und zu dick geraten, mit schütterem Haar, das aussah wie angeklebt. Zweifellos war er mutiger als die meisten anderen

Journalisten, aber vermutlich benötigte er diesen Mut, um gegen von der Natur besser ausgestattete Konkurrenten bestehen zu können. Bruno trank ein Bier, die Frauen und der Blonde tranken Weißwein, und ich trank Johnnie Walker. Im frühen 19. Jahrhundert kümmerte sich niemand um Markennamen. Coca-Cola, Nike, Swatch, das waren alles Dinge, die damals keine Bedeutung hatten. Die Distillerien verkauften den Whisky faßweise an die Händler. Leute wie George Ballantine und John Walker waren Ladenbesitzer und Händler. Sie mixten aus den Fässern, die sie einkauften, eigene Verschnitte und verkauften sie unter ihrem Namen. Blendwhiskys nannte man so etwas. Die Single Malts waren in der Regel rauher, feuriger, rauchiger als die Blends. Mein Glas war gefüllt mit rotem Johnnie Walker, der ideale, weil preisgünstige Blend, um sich langsam ins Koma zu trinken. Noch war es aber nicht soweit. Ich registrierte all den Unsinn, den Bruno erzählte, die Laute des Erstaunens und Entsetzens, welche die Schwarzhaarige ständig absonderte. Die Braunhaarige schwieg und gab durch Lippenbewegungen kund, daß Bruno sie mit seinen Kriegsgreueln langweilte. Der Blonde drehte sich zu mir um und lachte, vermutlich in der Hoffnung, daß ich etwas sagen würde. Als ich jedoch schwieg, sah er sich selber genötigt, etwas zu sagen.

«Extrem», sagte er. Ich reagierte nicht.

«Ich würde nie freiwillig dahin reisen.»

«Schade», sagte ich.

«Wieso?» fragte er.

«Weil es dadurch unwahrscheinlich wird, daß du demnächst von einem Extremisten erschossen wirst.»

«Ich wüßte mich schon zu wehren», sagte er und blinzelte der Schwarzhaarigen zu, deren große Kulleraugen an Brunos Lippen hingen. Die Braunhaarige lächelte mir kurz zu, war aber zu weit von mir entfernt, als daß ich ihr etwas hätte zuflüstern können. Und nach Schreien war mir nicht zumute. Der Blonde erzählte, er sei vor ein paar Jahren in Rio überfallen worden und habe sich mit Fußtritten und Faustschlägen gewehrt, bis die Angreifer das Weite suchten. Bruno lachte und sagte, daß sich so nur lebensmüde Touristen verhielten.

«Es will doch einfach nicht in unseren Kopf rein, daß es Menschen gibt, die einem anderen eine Kugel in den Kopf jagen, nur um an zehn Franken zu kommen», sagte Bruno. «Noch weniger will uns in den Kopf, daß es Menschen gibt, die andere umbringen, ohne ein Motiv zu haben.»

Der Blonde fühlte sich herausgefordert.

«Es gibt immer ein Motiv», sagte er und erntete ein heftiges Nicken der Schwarzhaarigen. Der Blonde reckte seinen Kopf und grinste stolz. Bruno blieb unbeeindruckt.

«Das ist Unsinn. Es gibt Mordfälle, bei denen Heerscharen von Psychologen und Kriminologen nach einem Motiv gesucht und keines gefunden haben. Im Krieg hat jeder ein Motiv, deshalb ist das Morden im Krieg so einfach. Auch wenn der einzelne nicht weiß, weshalb er mordet, der Krieg liefert ihm eine Erklärung, die er akzeptiert. Der Feind hat eine andere Religion, eine andere Hautfarbe, stammt aus einem anderen Volk oder einem anderen Land. Im Krieg kann jeder zum Mörder werden.»

Die Schwarzhaarige hob ihr Weinglas ruckartig in die Höhe und verschüttete ein paar Tropfen.

«Männer werden im Krieg zu Mördern, Frauen sind immer nur Opfer. Frauen sind anders», schrie der Blonde, und Bruno lachte laut.

«Natürlich sind sie anders. Sie schicken ihre Männer und Söhne in den Krieg, sie stacheln Männer dazu an, Karriere zu machen, sich durchzusetzen. Scheiß drauf», sagte Bruno. «Der Teufel steckt in uns allen, der verdammte Teufel hat kein Geschlecht.»

«Frauen sind friedlicher», insistierte der Blonde und drängte sich neben die Schwarzhaarige, so nah, daß sie sich berührten. Die Braunhaarige wandte sich ab und starrte zum Ausgang.

Ich nahm einen großen Schluck Scotch und freute mich über die Watte, die mich langsam umgab wie ein Kissen. Ich war in die Bar geflüchtet, nachdem ich mich dort umgesehen hatte, wo Sues Leiche gefunden worden war. Zuerst fuhr ich im Wagen durch leere Straßen an düsteren Fabrikbauten vorbei, erst nach einer guten Stunde parkierte ich und ging zu Fuß zurück. Eine eigenartige Atmosphäre lag über dem Gelände der ehemaligen Zahnradfabrik, die seit einigen Jahren leer stand. Sues Leiche war gegenüber der Fabrik auf einer Baustelle entdeckt worden. Die Baustelle war schlecht abgesichert, man konnte sie problemlos betreten. Neben den Baucontainern, in denen die Arbeiter ihre Pausen verbrachten, hatte Sues lebloser Körper gelegen. Keine Menschenseele weit und breit. Ab und zu Autos, die mit übersetzter Geschwindigkeit vorbeirauschten, so als wollten sie fliehen.

«Nirgends ist die Liebe so intensiv wie im Krieg. Die Leute ficken sich für ein paar Stunden in ein friedliches

Niemandsland.» Bruno war bei seinem Lieblingsthema angelangt. Bumsen in Zeiten des Krieges. Die meisten seiner Sexgeschichten kannte ich schon. Fast immer kam darin eine unglaublich schöne, vom Krieg desillusionierte Frau vor, die mit ihm die Nacht ihres Lebens verbrachte. Manchmal waren es auch zwei Nächte oder drei Nächte und vier Tage, die er mit der Frau zusammen hinter verschlossenen Fensterläden verbrachte, während draußen Granaten zischten und Artilleriefeuer in die Fassade einschlug.

«Wir lagen im dunklen Zimmer, das wie bei einem Feuerwerk durch Lichtblitze erhellt wurde. Aber das war kein Feuerwerk. Draußen starben Menschen, und wir schwitzten uns zum Orgasmus.»

«Die Liebe ist stärker als der Tod», sagte der Blonde, was mich heiter stimmte.

«Sprüche taugen nichts, um den Krieg zu beschreiben. Ich habe Leute gesehen, die den Glauben an Gott verloren haben und darüber so bestürzt waren, daß ihnen jeglicher Lebenswillen abhanden gekommen ist.»

«Gott ist die Natur», sagte der Blonde. «Wir alle sind Gott.»

«Du wirst langsam unerträglich», sagte ich.

«Was ist?» fragte der Blonde.

«Im Krieg lernst du erst, was Freundschaft bedeutet. Auch Freundschaft zwischen Mann und Frau», sagte Bruno.

«Hat jemand den neuen Film mit Richard Gere gesehen?» fragte die Schwarzhaarige mit eigenartigem Akzent. Die Braunhaarige unterhielt sich derweil mit einem im Solarium gebräunten Mann, dem man ansah, daß er krampfhaft versuchte, ein paar Jahre jünger zu wirken, als er tatsächlich war. Die Haare trug er etwas zu lang und das Hemd etwas zu offen. Ich schnappte ein paar Worte auf. Ganzheitlich, emotional, Vitaminhaushalt, Bachblüten. Bruno lachte laut über einen Witz, den er erzählt hatte, den aber außer ihm niemand richtig komisch fand. Der Blonde zündete sich umständlich eine Zigarette an. Hinter mir riet eine Frau einem Mann, er solle sich von seiner Freundin trennen. Ich bestellte mir ein neues Glas und freute mich an den Worten, die ich aus meiner Umgebung herausfilterte und die wie Leuchtreklamen für einige Sekunden präsent blieben, bevor sie durch neue Worte abgelöst wurden. Nach einer Weile gelang es mir wieder, mich auf Bruno zu konzentrieren. Er lästerte über träge und ängstliche Redakteure, die die Wahrheit nicht hören wollten.

«Im Krieg gibt es keine Guten und keine Bösen. Es gibt nur diesen verdammten Krieg und Menschen, die Dinge tun, die sie sonst nie tun würden. Aber gut verkaufen läßt sich ein Krieg nur, wenn es eine gute und eine böse Seite gibt. Saddam Hussein war toll. Die Serben auch nicht schlecht. Das ist wie Fußball, macht nur Spaß, wenn man mit einem Team mitfiebert und leidet. Vor allem wenn man leidet. Das mögen wir Schweizer. Wir leiden immer, wenn Deutschland im Fußball gewinnt. Zum Glück waren sie in Sachen Krieg weniger erfolgreich.»

Das Thema begann auch die Schwarzhaarige zu langweilen. Sie verzog angewidert den Mund und bestellte sich bei Bruno ein Glas Wein. Bruno sammelte großzügig weitere Bestellungen und kämpfte sich an den Tresen durch. Der Blonde sah seine Stunde gekommen und drängte sich eng neben die Schwarzhaarige. Ich verstand nicht, was er zu ihr sagte, weil hinter mir zwei Männer laut über die Vor- und Nachteile zweier Automarken stritten.

Mein Ausflug an den Tatort erschien mir bereits unendlich weit entfernt, wie eine Erinnerung aus dem Vorjahr. Dabei waren kaum drei Stunden vergangen. Es war nicht kalt, aber die Umgebung ließ mich frösteln. Rostende Turbinen und ausgediente Metallrohre, die tagsüber vermutlich wie normaler Unrat aussahen, bekamen in der von Straßenlaternen beleuchteten Nacht eine unheimliche Dimension. Einen Moment lang fühlte ich mich zurückversetzt an jenen Tag in Chicago, als ich mit der *EL* Richtung Oak Park fuhr. Regen klatschte gegen die Scheibe, der Zug rumpelte wie ein gequältes Tier über die Schienen, und draußen zogen verlassene Gebäude, ausrangierte Fabriken und einsturzgefährdete Wohnhäuser vorbei. Verzweiflung, die sich in Kilometern messen ließ, während in Zürich schon nach hundert Metern das Leben wieder weiterging. War Sue auf der Suche nach einem Motiv für eine Fotoserie? Sie hatte, so entnahm ich der Presse, ihre Fotoausrüstung im Wagen liegenlassen. Ein großer Metallkoffer. Aber was wollte Sue fotografieren? Den alten Kran, der wie eine gekränkte Giraffe auf den neuen Tag wartete?

«Alkohol ist die beste aller Drogen», rief Bruno und verteilte die Gläser, die er mit bewundernswerter Leichtigkeit durch die Menge balanciert hatte. Dem Blonden war es gelungen, die Schwarzhaarige in ein Gespräch zu vertiefen. Er nickte beinahe ununterbrochen, während sie mit angestrengter Miene redete. Da Bruno sein Publikum abhanden gekommen war, wandte er sich mir zu und zeigte auf mein Glas.

«In Sarajevo habe ich eine Fotografin kennengelernt, die jede Nacht eine Flasche davon trank. Chivas Regal. Aber am nächsten Morgen sah man ihr nichts an, sie war munter wie eine Ballettänzerin.»

Ich schwieg und sah mich um. Bruno schien das egal zu sein.

«Bist du noch bei der Zeitung?»

«Nein», sagte ich.

«Gut», sagte Bruno. «Die Zeitung wird immer unerträglicher. Seitenweise dieser Lifestylemist. Und all die jungen Kerle, die sich nicht getrauen, die Wahrheit zu schreiben. Wenn sie wenigstens schreiben könnten. Oder denken. Ich würde jeden, der eine Redewendung wie *schmutziger Krieg* gebraucht, sofort auf die Straße setzen. Das ist wie *brutaler Mord*. Alles unüberlegte Kacke.»

Ich nickte, was Bruno ermunterte, meinen Arm zu berühren.

«Ich mag das nicht», sagte ich.

«Gut», sagte er und ließ seine Hand durch die Luft gleiten. «Schau dir diese jungen Kerle an. All die netten Frisuren, und wahrscheinlich trauen sie sich aus Angst vor der Frauenbeauftragten in der Firma nicht einmal mehr, die nette Kollegin anzumachen. Das ist alles ziemlich krank. Wo arbeitest du jetzt?»

«Nirgends.»

«Das ist gut», sagte Bruno. «Das ist sehr gut. Jedesmal, wenn ich wieder in der Schweiz bin, kriege ich das große Kotzen. Beim Fernsehen ist es nicht auszuhalten. Jede Redaktionskonferenz eine Tortur. All die verunsicherten Männlein und Weiblein, die keine Ahnung haben, was sie eigentlich da draußen verloren haben, aber jeden Tag so tun, als wären sie ungemein wichtig.»

«Das Fernsehen ist das verlogenste aller Medien», sagte ich, eine Floskel, die mir beim Aussprechen unwirklich vorkam. Bruno benutzte die Gelegenheit zu einem Rundumschlag gegen die gesamte Fernsehprominenz.

«Ein Tuntenmedium ist das Fernsehen. Schau dir bloß an, wie viele Schwule und Lesben dort arbeiten.»

Er begann Namen aufzuzählen wie von einer Liste abgerufen. Sofort wandten sich wieder alle Umstehenden ihm zu, da alle die Leute kannten, von denen Bruno behauptete, sie seien homosexuell.

«Was? Ist der schwul?» hörte ich neben mir eine Frau ungläubig raunen. Die Schwarzhaarige löste sich von dem Blonden und drängte sich an mir vorbei. Der Blonde stand blöd grinsend herum und hielt sein Glas wie eine Trophäe in die Höhe. Ich machte einen Schritt von Bruno weg, was unnötig war, weil Bruno damit beschäftigt war, einem jungen pickligen Mann zu erklären, daß er nicht einfach so beim Fernsehen arbeiten könne, da neben einer brauchbaren Visage auch noch ein wenig Berufserfahrung gefragt war. Ich leerte mein Glas und stand eine Weile herum, ohne mich auf die Gespräche zu konzentrieren. Fremde Körper drängten sich an meinen Körper, sanfte Stupser, Zigarettenrauch, der sich mit dem Geruch von Parfüm und Schweiß mischte. Plötzlich erkannte ich das Gesicht eines Journalisten in der Menge. In seinem Mundwinkel hing eine Zigarette, und die grauen Haare sahen aus wie Stahlwolle. Sein Name fiel mir nicht ein, nur, daß er eine Weile bei einer Illustrierten Gespräche mit der Prominenz des

Landes geführt hatte. Neben dem Journalisten erkannte ich das Gesicht einer Frau, das ich zuerst nirgendwo einordnen konnte, bis mir einfiel, daß die Frau in der Werbeabteilung der Zeitung arbeitete. Jemand stand mir auf den linken Fuß und entschuldigte sich dafür bei einem Mann, der neben mir stand. Links und rechts drängten Leute zur Bar, alle mit dem typischen Lächeln auf dem Gesicht, wenn sie sich an mir vorbeiquetschten. Wenn ich sah, daß sich jemand vorzudrängen versuchte, machte ich mich breit und zog die Schultern nicht ein. Eine Asiatin, deren Augenpartie mit zuviel Mascara geschminkt war, drehte verstört und ängstlich ihren Kopf und versuchte ihr Kleid vor überschwappenden Gläsern zu schützen, indem sie ihre Handtasche wie einen Schild vor sich hielt. Bruno war jetzt weit weg, den Blonden sah ich überhaupt nicht mehr, dafür entdeckte ich die Schwarzhaarige an der Bar. Sie schaute selbstvergessen in ihr Glas, das sie in der Hand drehte. Ein bärtiger Mann, den ich nicht erkannte, nickte mir zu und hielt sein Glas in die Höhe. Ich lächelte, bis ich realisierte, daß er die Frau neben mir meinte, eine großgewachsene Blondine mit zartem Flaum auf den Unterarmen. Die Stimmen um mich herum entfernten sich plötzlich. Es war, als würde die ganze Umgebung langsam davongleiten wie durch den Luftdruck nach einer stillen Explosion. Ich nahm keine Berührungen mehr wahr, fühlte meine Beine und Hände nicht mehr, war nur noch ein Kopf, der wie ein Fußball durch die Luft flog und doch am Ort verharrte. Die Zeit stand still, und ich war mir sicher, daß die Zeiger meiner Uhr in diesem Moment blockiert waren. Ganz unverhofft roch ich den Duft von frisch gemähtem Gras, ein absurder Duft mitten in der Bar.

Dann spürte ich, wie sich meine Hand, die das Whiskyglas hielt, verkrampfte. Alles kehrte wieder zurück. Die Menge, in der ich stand, meine Gliedmaßen, die Stimmen, der Lärm.

Unzählige Stunden hatte ich in Bars wie dieser verbracht, mich langsam in einen Zustand getrunken, der alles erträglich machte. Natürlich gab es Momente des Glücks, Begegnungen, die viel versprachen und es manchmal auch hielten. Sue war eine solche Begegnung. Mir war nie klar geworden, weshalb ich stundenlang in der Menge verharren konnte, unfähig, etwas zu sagen, unfähig auch, etwas wahrzunehmen, was über Wortfetzen und zufällige Bewegungen hinausging. Woher kam dieser Wunsch, in der Menge allein zu sein, mich einzulassen auf die Musik fremder Stimmen? Sue erzählte mir von Ausflügen ins Engadin und das Tessin, von stundenlangen Wanderungen durch vergessene Täler, vorbei an leerstehenden Hütten. Sie wanderte, bis um sie herum diese absolute, unerklärlich reine Stille war, in der die eigenen Atemzüge unangenehm laut und störend waren. Ihr Gesicht schien entrückt, als sie mir davon erzählte, und Unverständnis schlug mir entgegen, als ich ihr schilderte, daß ich schon als Kind die Stille als etwas Bedrohliches empfunden hatte und froh war um jedes Motorrad, das der lautlosen Nacht ein wenig von ihrem Schrecken nahm.

Es kam der Zeitpunkt, wo ich nicht mehr wußte, weshalb ich wieder ein volles Glas in der Hand hielt. Ich unterhielt mich plötzlich mit Menschen, die mir vollkommen fremd waren, über Dinge, die mir nichts bedeuteten. Ich vernahm Sätze, die ich nicht mehr einordnen konnte, die keinen Sinn ergaben, und trotzdem hörte ich mich sprechen und sah andere, die mir zuhörten. Zwischendurch saß ich auf Steinstufen und spürte einen kühlen Lufthauch auf meinem Gesicht. Ein Mann torkelte vorbei und hielt sich an einem Fahrrad fest, das umkippte und in einer Kettenreaktion weitere Fahrräder umstürzen ließ. Ich sah mir zu, wie ich einen Fünfziger auf die Bartheke legte, und ich hörte, wie eine Frau neben mir hustete. Ein Weinglas zersplitterte auf dem Fußboden, und bei der Eingangstüre kam es zu einem Gerangel. Meine Stimme unterhielt sich mit einer Frau, die mir zwar bekannt vorkam, deren Gesichtskonturen aber verschwommen blieben. Ich ärgerte mich über eine Hand, die auf meinem Unterarm lag, bis ich realisierte, daß es die Hand der Frau war. Ein Lichtkegel blendete mich wie ein Scheinwerfer, den jemand auf mich richtete. Ich suchte nach meinem Glas und stellte fest, daß ich auf dem Rücksitz eines Autos saß. Tief in der weichen Polsterung vergraben, schloß ich die Augen, bis mir schwindlig wurde und ich mich, nach Luft ringend, aufrecht hinsetzte. Das Kichern neben mir kam mir vertraut vor, auch das Ticken des Taxameters, dessen rote Leuchtbuchstaben mich zum Portemonnaie greifen ließen. Durch das Fenster sah ich Häuser, die ich wiederzuerkennen glaubte, obwohl mir die Straße fremd war. Ich griff in die Innentasche meiner Jacke und fühlte das Handy. Mir fiel ein, daß ich dem Taxifahrer nicht gesagt hatte, wo ich wohnte. Ich versuchte etwas zu sagen, hörte aber nur Worte, die nicht von mir stammten. Ein fragender Blick des Taxifahrers im Rückspiegel und neben mir das vertraute Lachen. Eine Wagentür knallte zu, und ich faltete Banknoten zusammen, die mir jemand zugesteckt hatte. Knarrende Treppenstufen, ein in Blautönen gemaltes

Bild über einem Glastisch. Ich inhalierte eine Zigarette und roch den süßlichen Duft von Haschisch, und mein Kopf lag im Schoß einer nackten Frau. Meine Zunge kreiste um einen Bauchnabel, und mein steifes Glied berührte seidenkühles Tuch. Ein Kondom schälte sich wie von selbst aus der Verpackung, und das Licht knipste sich synchron dazu aus. Sie lachte, als ich in sie eindrang, und flüsterte mir Worte in einer unbekannten Sprache ins Ohr. Der Morgen drang in das kleine, fremde Zimmer, und neben mir lag Sue, den Körper eingewickelt in eine gelbe Decke, die Haare auf dem Kissen wie ein glänzender Pelz. Ich stützte mich auf einem Arm ab und genoß die euphorischen Gefühle, die sich in meinem Körper ausbreiteten wie ein Glas schwerer Bourbon. Sie ist es, dachte ich, sie ist nicht tot, du hast mit ihr geschlafen, und jetzt ist alles wieder gut. Nur einen Augenblick lang verwirrten mich die Möbel und das flache, beinahe ebenerdige Bett. Ich näherte meinen Kopf dem schwarzen Pelz und vernahm zufrieden die Geräusche ihres Atems, ruhig und regelmäßig. Der Tod atmet nicht, dachte ich, und legte mich glücklich zurück auf den Rücken und schlief ein.

8 Knockando

Jemand hielt mir die Sonne direkt vors Gesicht. Heiße Strahlen durchbohrten meinen Schädel und grillierten mein Gehirn. Ich versuchte meine Augenlider zu öffnen, doch ich brachte nur ein flüchtiges, schmerzhaftes Blinzeln zustande. Zwei Kinder spielten auf meiner Schädeldecke Ball und riefen sich Schimpfwörter zu. In meinem Ohr hämmerte ein verrückter Mönch auf eine Glocke ein, und hinter meinen Augäpfeln projizierte ein mit Koks verladener Filmvorführer irre Szenen auf eine unsichtbare Leinwand. Ich hielt einige Sekunden den Atem an und konzentrierte mich darauf, die letzten Schleier des Schlafes zu vertreiben. Die Glocke entfernte sich langsam aus meinem Ohr und wurde zu nahem Kirchengeläut. Die Kinder spielten den Ball gegen eine Hausmauer, nur die Sonne blieb unerbittlich über meinem Kopf stehen und spannte die Haut auf meiner Stirn. Es gelang mir, die Augen während Sekunden offenzuhalten und den Kopf langsam vom Fenster wegzudrehen. Das genügte schon, um mir einen Schwindel durch den Körper zu jagen, gefolgt von einem Frösteln und leichter Übelkeit. Ich vernahm eine Stimme, ohne sie lokalisieren zu können. Ein seltsamer Dialekt, nein, kein Dialekt, eine fremde Sprache, Serbokroatisch vermutete ich. Dazu der Duft von Kräutern und Tee. Bilder aus einem nie gedrehten Film schossen durch meinen Kopf. Brunos grinsende Fratze, der Blonde, die Schwarzhaarige, ein kläffender Hund, den ich nicht einordnen konnte. Es gelang mir, mich im Bett aufzurichten. Meine Armbanduhr zeigte 9.15 Uhr, doch ich bemerkte, daß sich der Sekundenzeiger nicht mehr bewegte. Wie bei einem Toten war die Uhr stehengeblieben. Ich stellte mir vor, daß ich tatsächlich tot war und sich das Jenseits vom Diesseits nur dadurch unterschied, daß die Uhren stehenblieben und der Tee etwas anders roch.

Der Geruch von Zigarettenasche schmerzte zwischen meinen Augen. Ich sah den Aschenbecher am Boden neben dem Bett. Er lag auf einem roten Seidenslip, daneben entdeckte ich meine Unterhose und eine meiner Socken. Neben dem Bett standen ein metallener Kleiderschrank und ein Fernseher. Ich wagte einen Blick aus dem Fenster. Das grelle Tageslicht war unangenehm, ich sah das Dach eines anderen Hauses, und ich sah die Sonne, vor der ich mich mit einer Hand zu schützen versuchte. Mein Magen fühlte sich leer und gespannt an, wie nach Krämpfen. Mein rechter Arm schmerzte auf der Höhe des Ellbogens, und die Kopfschmerzen konzentrierten sich auf zwei Hauptherde, der eine beinahe im Nacken, der andere auf der rechten Schläfenseite. Soweit die medizinische Bestandesaufnahme. Ich versuchte, die Nacht zu rekonstruieren, stieß jedoch nur auf Einzelbilder, die wie Dutzende von Dias wirkten, die jemand achtlos durcheinandergebracht hatte. Ich lag zweifellos in einem fremden Bett. Ich hatte ebenso zweifellos mit einer Frau geschlafen, die ich in meinem Suff für die verstorbene Sue hielt. Ich erinnerte mich daran, minutenlang auf die schlafende Frau gestarrt zu haben, verzückt und entrückt. Aber wer war die Frau? Die Schwarzhaarige, deren Gesicht bereits wieder verschwommen war wie bei einer längst verblaßten Ferienliebelei? Ich stand vorsichtig auf und freute mich darüber, problemlos auf zwei Beinen stehen zu können. Leise schaute ich mich im Zimmer um, suchte nach einem Hinweis auf die Frau, mit der ich die Nacht verbracht hatte. Ich entdeckte ein Foto, das ein Paar zeigte, beide um die Fünfzig, fremd und mit einem gequälten Lächeln auf den Lippen. In meinem Gedächtnis suchte ich vergeblich nach einem Namen. Normalerweise prägten sich mir Namen gut ein, und ich wußte zumindest, ob mir jemand seinen Namen genannt hatte, so daß es sich lohnte, das Alphabet durchzugehen, bis plötzlich ein Buchstabe einschnappte und der Name wieder da war. Doch diesmal war nichts da. Ich wußte ihren Namen nicht, und ich erinnerte mich auch nicht daran, meinen Namen genannt zu haben. Hatte ich mich mit der Frau überhaupt unterhalten? Auch daran erinnerte ich mich nicht, auch wenn es naheliegend war, da ich mir kaum vorstellen konnte, ihr wortlos ins Bett gefolgt zu sein. Hatte sie nicht schrecklich albernes Zeug geredet? Ihre schwarzen Haare hatten auf dem Kissen ausgesehen wie ein kleiner schwarzer Hügel. Knockando, was soviel hieß wie kleiner schwarzer Hügel. In seinem berühmten Whiskyführer bezeichnete Michael Jackson den Körper des Knockando als leicht, aber bemerkenswert geschmeidig. Vielleicht hatte ich die Nacht mit einer schwarzhaarigen Whiskyflasche verbracht. Ich hielt inne, da die Stimme im Flur verstummt war. Ich setzte mich aufs Bett und zog mir Unterhosen und Hemd an. In meinem Kopf pochte der Puls, und die Übelkeit wurde stärker. Nur nicht kotzen jetzt, dachte ich und nahm erleichtert zur Kenntnis, daß die Stimme im Flur wieder fröhlich anhob, wahrscheinlich am Telefon, noch immer unverständlich. Auch die Stimme selber kam mir fremd vor. Einem Impuls folgend, suchte ich nach Portemonnaie, Handy und Schlüsselbund. Ich fand sie in meiner Jacke, die an einem Kleiderhaken neben dem Schrank hing. Ich war also keiner auf K.o.-Tropfen spezialisierten Bande aus Jugoslawien zum Opfer gefallen. Auch keine Drogenhändler aus Albanien, die es auf mein Handy abgesehen hatten. Nur eine schwarzhaarige Frau, mit der ich mich in den Schlaf gefickt hatte.

Ich stützte mich auf das Fensterbrett und schaute nach unten. Viertes Stockwerk, Straße unbekannt. Die Zeiger der Kirchturmuhr standen auf 14.30 Uhr, was ich für realistisch hielt. Ich stellte meine Armbanduhr, schüttelte sie und konstatierte erfreut, daß sich der Sekundenzeiger wieder in Bewegung setzte. Ich sammelte meine restlichen Kleider zusammen und zog mich an. Auf dem Handy wählte ich meinen Festanschluß, um den Anrufbeantworter abzurufen, brach die Übung jedoch ab, weil mir meine eigene Stimme unangenehm war und mir der Abfragecode nicht einfallen wollte. Ich atmete mehrmals tief durch, lockerte meine Muskeln und verließ das fremde Zimmer. Im Flur war niemand, die Stimme kam aus der Küche. Ich überlegte mir einen lockeren Spruch, kam mir dabei jedoch albern vor und wünschte mir, das alles bereits hinter mich gebracht zu haben. Als ich die Küche betrat, röhrte gerade das Mahlwerk einer Kaffeemaschine, und eine Stimme kreischte etwas in die Muschel eines Telefons. Die Schwarzhaarige hatte sich in eine Rothaarige verwandelt, die ihr Haar kürzer trug, und auch das Gesicht sah merkwürdig fremd aus. Die Frau winkte mir zu, ohne das Gespräch zu unterbrechen. Hatte ich mit ihr geschlafen und mir dabei die Schwarzhaarige vorgestellt? Sie zeigte auf einen Stuhl am Küchentisch. Sie selber saß vor dem Kühlschrank, die Beine übereinandergeschlagen. Sie trug eine Bluse, unter der sich die Nippel ihrer Brüste abzeichneten. Ich setzte mich nicht, nahm aber ein Glas vom Abtropfblech, spülte es aus und füllte es mit Leitungswasser. Ich trank es in einem Zug leer und fühlte mich sogleich besser. Die Rothaarige hörte aufmerksam einer Stimme zu, die ich nur als entferntes Murmeln wahrnahm. Sie zündete sich eine Zigarette an und zog nervös am Filter. Ich ließ meinen Blick durch die Küche schweifen und entdeckte an einer Pinnwand einige Fotos, auf denen ich die Frau, mit der ich geschlafen hatte, wiedererkannte. Sie war auf allen Fotos zusammen mit einem dunkelhaarigen Mann abgebildet, der aussah wie aus einem Katalog für Sportwagen. Die Rothaarige beendete ihr Gespräch und strich sich durch die Haare, während sie mich lächelnd ansah und ganz selbstverständlich in einer Sprache redete, die mir mit jedem Wort fremder vorkam. Ich näherte mich der Pinnwand und zeigte ein wenig hilflos auf die Fotos. Die Rothaarige lachte und sagte etwas, das wie Anisstern klang und vermutlich der Name meines nächtlichen Abenteuers war. Ich fragte auf deutsch, wo sich Anisstern befand, und erhielt als Antwort einen gewaltigen Wortschwall, untermalt durch sinnlose Gesten, die mir noch weniger sagten als die Worte. Ich versuchte der Rothaarigen klarzumachen, daß ich kein Wort verstand, doch das schien sie nicht zu kümmern. Sie redete weiter, auch als das Telefon klingelte. Es dauerte lange, bis sie abnahm. Fast gleichzeitig öffnete jemand die Wohnungstüre, und ich bekam einen fürchterlichen Schrecken, weil ein Hund, groß wie ein Kalb, in die Küche stürmte und bellend die Vorderpfoten auf den Tisch stellte. Die Rothaarige stand auf und preßte den Hörer ans Ohr, während ein dicklicher junger Mann den Hund zurückhielt. Der Mann trug eine schmutzige Lederjacke, und sein Hemd quoll aus der Hose. Er redete auf den Hund ein, bis dieser aus der Küche trottete. Dann öffnete er den Kühlschrank, nahm sich eine Büchse Cola und trank sie leer, noch bevor er die Kühlschranktüre wieder schloß. Erst jetzt schien er mich wahrzunehmen. Er nickte mir zu und wandte den Kopf zur Rothaarigen, die sich am Telefon zu verabschieden schien. Zwischen dem Mann und der Rothaarigen entbrannte ein Streitgespräch, das sich zu einem Geschrei steigerte. Es wurde so laut, daß der Hund aufgeschreckt wieder erschien und mit seinem Gebell alles übertönte. Dies hatte zur Folge, daß die Rothaarige und der Mann in der Lederjacke gemeinsam den Hund anschrien und dieser völlig verständnislos an Ort und Stelle verharrte, eingeschüchtert und leise klagend. Nachdem sich der Hund wieder verzogen hatte, schien den Streithähnen die Energie ausgegangen zu sein. Die Rothaarige setzte sich an den Tisch und wischte sich Tränen aus dem Gesicht. Der Mann stand mit dem Rücken zu ihr und sprach zum Fenster wie zu einem guten Bekannten. Ich hatte mich nicht gerührt und kam mir vor wie ein Möbelstück, das in der falschen Wohnung aufgestellt worden war. Ich wartete auf einen Blickkontakt mit der Rothaarigen, doch sie starrte auf die Tischkante. Als ich mich umdrehte und die Küche verließ, redete der Mann in der Lederjacke noch immer. Ich schaute mich noch einmal um, doch nicht einmal den Hund interessierte mein Abgang.

An der Wohnungstüre entdeckte ich kein Namensschild, und am Hauseingang waren zwar alle Briefkästen angeschrieben, doch es gelang mir nicht, einen der Wohnung zuzuordnen. Ich blickte einige Male zurück, auf die Fenster der Wohnung, während ich langsam die Straße entlangging. Mir fiel ein, daß ich die Bar zu Fuß aufgesucht hatte. Ich suchte nach einer Bushaltestelle, fand jedoch keine. Erst einige Häuserblocks weiter stieß ich auf eine Straße, die mir bekannt vorkam. Ich hatte in Altstetten übernachtet. Die Sonneneinstrahlung wurde durch ein paar Wolken gemildert, so daß es angenehm warm war, ohne daß man ins Schwitzen kam. Vielleicht war Sue eine solche Nacht zum Verhängnis geworden, dachte ich. Damals hatte sie mich mitgenommen, ohne mich zu kennen. Vielleicht tat sie das öfter, und vielleicht hatte sie in jener Nacht den falschen Mann mitgenommen. Ich stellte mir eine Szene vor, in der der Mann mit der Lederjacke erschien und mir den Hund auf den Hals hetzte. Die Rothaarige mußte die Blutspuren beseitigen, und meine Leiche wurde in einen Kofferraum gequetscht. Ich kaufte mir ein Sandwich und aß es im Gehen.

Der Akku meines Handys hatte kaum noch Energie, doch es reichte für einen Anruf. Conny klang gestreßt. Sie raste gerade über eine Landstraße und beklagte sich darüber, daß ich sie am Vorabend nicht angerufen hatte. Ich fragte sie nach Sues bester Freundin, und Conny nannte mir, ohne zu zögern, den Namen einer Lehrerin, die Sue angeblich seit vielen Jahren gut kannte.

«Woher weißt du das?» fragte ich.

«Ich habe die beiden einmal getroffen, und Sue erzählte mir, daß Andrea ihre beste Freundin sei. Die beiden betonten das noch einige Male wie kleine Schulkinder. Weshalb müssen Frauen so albern sein? Beste Freundinnen sind doch was für die Pubertät. Meine besten Freundinnen haben heimlich mit meinen Männern rumgemacht. So ist das doch, oder? Hast du eigentlich einen besten Freund?»

«Ich habe einen Kater.»

«Das hört man. Ich bin wieder auf dem Damm. Habe eine Überdosis Aspirin geschluckt, aber es hat gewirkt. Verdammt, jetzt kommt eine Baustelle, und alles steht. Hast du übrigens gewußt, daß Sue einen schwachsinnigen Bruder hat?»

«Was heißt schwachsinnig?»

«Er lebt in so einer Gemeinschaft für begleitetes Wohnen. Hatte als Kind eine Hirnhautentzündung und ist seither geistig handicapiert, wie wir Journalisten das seit neuestem nennen. Was hältst du eigentlich von der Umschreibung ‹sozial Schwache›? Ich finde das eine Zumutung. Armut darf es nicht mehr geben. Sozial schwach, das klingt wie ein Gebrechen. Ich warte nur darauf, bis einer schreibt, jemand sei ein sozial schwaches Schwein. Hast du gehört, daß die Zeitung wieder ein paar Millionen einsparen will?»

«Soll sie doch», sagte ich. «Kennst du die Adresse von dieser Andrea?»

«Langsam glaube ich, daß du etwas Größeres machen

willst. Du schreibst doch nicht etwa ein Buch? Ich hasse Schriftsteller, das weißt du.»

«Die Adresse, Conny.»

«Kostet dich ein Nachtessen.»

«Ich habe noch zwei Pizzas im Eisfach.»

«Ich werde lieber in Restaurants dick. Bin übrigens ab Freitag eine Woche weg. Managementkurs.»

Schließlich gab sie mir die Adresse. Andrea Hunziker, Lehrerin, Wollishofen. Ich wählte die Nummer, doch es meldete sich niemand. Die Kopfschmerzen wurden wieder stärker, und ich kaufte mir in einer Apotheke Aspirin. In einem Straßencafé trank ich Mineralwasser und schluckte zwei Tabletten.

9 Ben Nevis

In der Schule beschäftigte uns der Gedanke während mehrerer Wochen. Wir hatten im Fernsehen einen Film gesehen über einen Hellseher, der einen Mord voraussah und der alles daran setzte, diesen Mord zu verhindern. Er sorgte dafür, daß sich der Täter ein Bein brach und das Opfer in seiner Wohnung eingeschlossen war. Die beiden konnten sich so nicht begegnen, und der Mord, so dachte sich der Hellseher, würde nicht geschehen. Tatsächlich verstrich der Tag und auch die Nacht, und alles schien zu klappen. Doch am nächsten Morgen wurde der Mann in seiner Wohnung ermordet aufgefunden. Jemand war in die Wohnung eingedrungen und hatte den Mann erschlagen. Den Mord hatte der Hellseher nicht verhindern können, nur den eigentlich dafür vorgesehenen Täter.

Ich stellte mir vor, wie ich den Mord an Sue hätte verhindern können. Es hätte genügt, vorzeitig aus den USA zurückzukehren und an jenem Abend zu Hause auf ihren Anruf zu warten. Hallo, wie geht es dir, gehen wir was trinken? Komm doch zu mir, Sue. Das Gespräch läuft wie von selbst. Sue liegt eine Stunde später in meinem Bett, und draußen irrt ein Mörder herum, dem das Opfer abhanden gekommen ist. Am nächsten Morgen erwache ich arglos, und neben mir im Bett liegt Sues Leiche. Von mir ermordet. Hellseher haben immer recht.

Eine ehemalige Reitlehrerin glaubte ernsthaft daran, daß ermordete Menschen in einem Zwischenreich lebten, bis der Mord an ihnen auf Erden aufgeklärt wurde. Die Reitlehrerin schilderte einem jugendlich wirkenden Moderator im Fernsehen, wie es ihr angeblich gelang, Kontakt zu diesem Zwischenreich aufzunehmen und mit den Ermordeten zu sprechen. Sie wurde berühmt, als sie bei einem spektakulären Mordfall den Vater der Ermordeten beschuldigte. Die Tote habe sich bei ihr gemeldet und ihr geschildert, wie ihr Vater sie vergewaltigen wollte. Als sie sich wehrte, habe der Vater sie erwürgt. Der Vater hatte für die Tatzeit ein Alibi, doch die Reitlehrerin beharrte auf ihrem Verdacht. Der Vater starb wenige Wochen später an einem Herzanfall. Die ehemalige Reitlehrerin versuchte noch einmal mit der Tochter Kontakt aufzunehmen, doch sie war nicht mehr im Zwischenreich, was die ehemalige Reitlehrerin zur Aussage veranlaßte, daß die Tochter jetzt im Jenseits war, weil durch den Tod des Vaters der Mord an ihr gesühnt worden sei.

Mir fiel auf, daß es immer mehr Verrückte gab, die sich im Fernsehen produzieren konnten. Ganz offensichtlich Schizophrene und Psychoten, die von UFOs entführt worden waren, Meteoriteneinschläge auf der Erde voraussagten oder an ihrem Küchentisch mit Verstorbenen sprachen. Verstörte Seelen, die durch die Publizität in ihrem Wahn bestärkt wurden. Die Heilung einer Geisteskrankheit war keine Notwendigkeit mehr, wenn man durch die Krankheit berühmt wurde. Die ehemalige Reitlehrerin behauptete, auch körperliche Leiden lindern zu können, indem sie sich auf den Krankheitsherd des Patienten konzentrierte. Sie schilderte dem Moderator das Zwischenreich als einen Ort fluoreszierender Farben und sich überlagernder Gerüche. Der Moderator wurde ganz leise und nickte nachdenklich, als die ehemalige Reitlehrerin sagte, daß die Toten uns gegenüber grundsätzlich positiv eingestellt seien.

Die Unruhe, die mich seit meiner Rückkehr in meine Wohnung erfaßt hatte, verunmöglichte es mir, länger als eine Stunde an einem Ort auszuharren. Ich verließ die Wohnung fluchtartig, fuhr eine Stunde ziellos in meinem Wagen herum, kehrte schließlich wieder um und schaute mir im Fernsehen die Talk-Show an, in der die ehemalige Reitlehrerin auftrat. Dazu trank ich einen Whisky, zwei Fingerbreit, der meine Muskeln weich machte, aber meinen Kopf nicht befreite. Andrea Hunziker war telefonisch noch immer nicht zu erreichen. Ich rief einen Journalisten an, der seit drei Jahren für ein Konkurrenzblatt der Zeitung arbeitete. Er erzählte mir, daß es nichts Neues gebe im Mordfall Molina. Er sagte, er habe Sue gekannt, als ich jedoch nachfragte, stellte sich heraus, daß er ihr nur einmal bei einer Vorpremiere eines Films begegnet war und lediglich ein paar Worte mit ihr gewechselt hatte. Tragische Tode verleiteten einen dazu, sich damit zu brüsten, das Opfer gekannt zu haben. Als sich vor ein paar Jahren ein bekannter Schweizer Künstler das Leben nahm, konnte fast jeder bei der Zeitung eine Geschichte über ihn erzählen, und alle Geschichten waren offene oder versteckte Hinweise auf die erfolgte Verzweiflungstat.

Der Journalist sagte mir, es habe sich ein Zeuge gemeldet, der Sue gesehen haben wollte in jener Nacht. Sie habe, ohne nach links oder rechts zu blicken, die Straße überquert und dabei wie in Trance gewirkt. Betrunken vielleicht, oder bekifft. Der Zeuge habe gehupt und scharf gebremst, doch sie habe sich nicht einmal nach seinem Wagen umgedreht, sei einfach weitergegangen. Wie in Trance, dachte ich. Sue hatte in unserer ersten Nacht viel getrunken. Wein, mehr als eine Flasche, und dazwischen immer wieder starken Kaffee. Aber sie kam mir nie wie in Trance vor. Ihre Bewegungen blieben fahrig, nervös, ihre Augen wanderten beständig, den direkten Blickkontakt suchte sie selten, schaute auf meine Haare, die Stirn, die Hände. Auch im Bett keine Anzeichen von Trance. Ich spürte ihren Argwohn, ihre Neugier, was wird er mit mir machen, worauf habe ich mich eingelassen? Die Augen schloß sie nur für Sekunden, ihre linke Hand wanderte über meinen Körper wie der Lichtstrahl eines Suchscheinwerfers. Und immer diese leise Anspannung, die uns auch in den nächsten Tag begleitete. Wie konnte dieser Autofahrer behaupten, Sue sei wie in Trance über die Straße gegangen? Er mußte sich getäuscht haben, er hatte gar nicht Sue gesehen, oder er hatte nicht bemerkt, wie angespannt sie war, wie ängstlich. Konnte man nicht überall lesen, daß auf Zeugen kein Verlaß war? Ich versuchte in Gedanken ein Verhör zu konstruieren, bei dem ich Auskunft geben mußte über die Schwarzhaarige, mit der ich mutmaßlich die Nacht verbracht hatte. Ich hörte mich stammeln, nach Beschreibungen ringen, und mit jeder Formulierung wurden ihre Gesichtszüge unschärfer, ihre Existenz unwirklicher. Der Autofahrer war vermutlich betrunken, nahm seine Umgebung nur selektiv wahr, sah, daß Sue ihm beinahe vor den Wagen lief, sah auch, daß sie auf sein

Gehupe nicht reagierte. Wie in Trance war eine Umschreibung für die nicht reagierende Sue, sie hätte genausogut als fahrig, abwesend oder wild entschlossen beschrieben werden können. Sie war in Gedanken, doch was für Gedanken waren es, und weshalb führten ihre Gedanken sie zum Tatort, weshalb nicht nach Hause, weshalb nicht in Sicherheit?

Um sieben erreichte ich Andrea Hunziker. Sie klang müde, und ein wenig Argwohn war in ihrer Stimme, als sie fragte, wer ich sei und wie gut ich Sue gekannt hätte. Nein, Sue hatte mich nie erwähnt. Kein Wort über unsere Liebesnacht zu ihrer besten Freundin? Ich fühlte mich nachträglich hintergangen von Sue, doch Andrea Hunziker sagte, Sue habe selten über ihre Affären gesprochen.

«Ich war eine Affäre», sagte ich, «und ich war ihr letzter Anruf.»

Andrea Hunziker schwieg eine Weile und sagte dann, sie habe sich am Tatabend am Telefon mit Sue verabredet für den nächsten Tag. Ins Kino wollten sie gehen, eine französische Komödie. Die beste Freundin wurde ganz leise, hauchte nur noch in den Hörer. Ich erinnerte mich an Bezirksanwalt Mülhaupt. Zwei Anrufe, bevor Sue ihre Wohnung verließ. Verabredung ins Kino und mein Anrufbeantworter. Ich drängte darauf, mich mit Andrea Hunziker zu treffen, doch die beste Freundin hatte schon etwas vor.

«Später vielleicht», sagte ich.

«Später schlafe ich», sagte sie.

«Also morgen, aber nicht ins Kino», sagte ich, ein schwacher Scherz, der schmerzte.

Die beste Freundin reagierte nicht darauf.

«Morgen ist gut», sagte sie.

Was aber ist heute? dachte ich, als der Hörer noch immer in meiner Hand lag.

10 Cragganmore

Die Stadt sah am Abend nicht bedrohlich aus. Ich parkierte meinen Wagen in einer schmalen Seitenstraße, die von kränklich aussehenden Bäumen gesäumt war. Vögel pfiffen laut in einem Gebüsch, es mußten unzählige sein, doch ich konnte keinen einzigen erkennen. Die Stadt hatte etwas Liebliches, wenn man in einer ruhigen Seitenstraße lebte. Die Nachbarn grüßten sich, und die Gärten sahen sorgfältig dekoriert aus. In fremden Städten hatte ich es mir zur Gewohnheit gemacht, täglich mehrere Stunden zu Fuß zu gehen. In amerikanischen Städten waren es manchmal nur ein paar Häuserblocks, die gemütliche Nachbarschaft und Drogenelend trennten. Man konnte stur geradeaus mitten durch das Leben gehen. An einer Ecke lächelte man dir zu, und zwei Blocks weiter riskiertest du eine Schußwunde. Ich versuchte mir vorzustellen, wie Sue in jener Nacht durch die Straßen gegangen war. Es war noch zu früh, zu hell, noch war sie zu Hause, noch war sie am Leben. Vor mir ging eine Frau, deren Parfüm schwer in der Luft hing, so schwer, daß ich mich beeilte, sie zu überholen. Doch auch noch als ich vor ihr ging und sie langsam abhängte, glaubte ich das Parfüm zu riechen. An einem Kiosk stand ein Mann und rauchte. Neben ihm stand ein jüngerer Mann, der die Zeitungsschlagzeilen im Aushang las. Kein Mord, diesmal, nur Politik und ein herzkranker Schauspieler. Als ich noch ein Kind war, wurde ein Mann ermordet, der in unserer Nachbarschaft lebte. Als ich davon hörte, versuchte ich mir den

Mann vorzustellen, doch es gelang mir nicht, sein Gesicht war nicht mehr da, obwohl ich ihm unzählige Male auf der Straße und im kleinen Lebensmittelgeschäft an der Ecke begegnet war. Meine Mutter sagte, man habe die Leiche des Mannes zerstückelt aufgefunden und suche noch immer nach seinem Kopf. Das leuchtete mir ein. Der Mann hatte keinen Kopf mehr, deshalb konnte ich in meiner Vorstellung sein Gesicht nicht mehr sehen. Ich dachte, sobald der Kopf gefunden wird, taucht auch sein Gesicht in meiner Erinnerung wieder auf. Ein paar Monate später zogen wir in ein anderes Quartier, und meine Mutter sagte mir, daß man den Mörder unseres Nachbarn gefunden habe. Ich vergaß, sie nach dem Kopf zu fragen.

Die Passanten auf den Trottoirs und die Autofahrer, die im Stau steckten, sahen nicht aus wie Mörder, und doch konnte ich sie mir gut als Mörder vorstellen. Zweifellos hatte einer von ihnen Sue auf dem Gewissen. Ich stellte mir den Täter als freundlichen Psychopathen vor, der in seinem Wagen saß und die Fußgänger über die Straße winkte und sich gleichzeitig vorstellte, wie er sie mit seinem Wagen plattfahren würde. Glaubte man den Schilderungen in den Medien, so zeichneten sich Serienmörder und Sexualverbrecher dadurch aus, daß sie im Alltag fürchterlich brav und langweilig wirkten. Das erschien mir durchaus logisch. Die Leute wußten von ihrer Veranlagung, und vermutlich fürchteten sie sich davor, als potentielle Triebtäter und Mörder erkannt zu werden. Um ihre sadistischen Züge zu vertuschen, gaben sie sich brav, angepaßt und unterwürfig. Genau so, wie sich scheue und gehemmte Menschen gerne als Tatmenschen und aggressive Eroberer aufspielten, nur damit niemand bis zu ihrem Kern vordringen konnte.

Sues Mörder ist ein korrekt angezogener Familienvater um die Vierzig. Er hat sich eigens für das Verbrechen eine neue Krawatte umgebunden. Seine Haare sind gepflegt, und sein Wagen sieht auch nach zwei Jahren wie neu aus. Er raucht nicht, hat aber immer eine Packung Zigaretten dabei, damit er einem Vorgesetzten jederzeit aushelfen kann. Es stört ihn auch nicht, wenn sein Nachbar mit seiner Frau bumst, solange die beiden diskret damit umgehen. Die beiden Kinder sind in der Schule keine Leuchten, aber der Junge ist ein talentierter Fußballspieler, und das Mädchen ist musisch begabt. Der Mörder geht einmal in der Woche ins Fitneßstudio, und er joggt am Feierabend über die Landstraße. Der Mörder wohnt auf dem Land, und er hat Hämorrhoiden. Er fährt täglich in die Stadt, und manchmal macht er einen Umweg, fährt durch das alte Industriegebiet und denkt sich einen Mord aus. Heute nicht, denkt er, weil seine Vorhaut juckt. Sue ist ihm nie zuvor begegnet, sie gefällt ihm auch nicht besonders gut. Er ist nicht auf Sex aus, er weiß, daß Sex ihn verraten würde, kein Sperma darf fließen, nur ihr Blut. Natürlich gibt er seiner Frau die Schuld an seinem Ausrutscher. Die wollte unbedingt mit den beiden Kindern in den Zirkus. Er hat als Knabe gesehen, wie ein Artist vom Trapez gefallen ist, und seither geht er nicht mehr in den Zirkus. Zu Hause hält er es nicht aus, und Freunde hat er keine. Er fährt stundenlang in seinem Wagen herum und will eigentlich schon wieder nach Hause fahren, als er Sue sieht. Sein Puls beginnt zu rasen, und in seinem Kopf ist nur noch Platz für einen Gedanken. Jetzt muß ich es tun.

Der Verkehr verdichtete sich, und man spürte, wie die Aggressionen zunahmen. Die Autos wurden bedrohlicher, die Bewegungen hinter den Lenkrädern nervöser. Einige drückten und hupten, wenn es ihnen zu langsam vorwärts ging. Sue hatte ihren Wagen abgestellt, obwohl sie in eine Gegend ging, wo Parkplätze in der Nacht keine Mangelware waren. Überall hätte sie parkieren können. Hatte sie sich in einer Bar verabredet? Es gab keine Zeugen, die Sue in einer der umliegenden Bars gesehen hatten. Vielleicht traf sie den Mörder vor der Bar. Sie warfen einen Blick hinein, stellten fest, daß sie gerammelt voll war, und beschlossen, einen kleinen Spaziergang zu machen. Weshalb nicht ein wenig Romantik vor dem Sex?

Sue kennt den Mann nicht gut, sie haben sich erst vor ein paar Tagen kennengelernt. Er ist Journalist, deshalb ruft sie bei mir an, sie will wissen, ob ich den Mann kenne und was für ein Typ er ist.

Lächerlich. Sue war nicht verabredet. Vielleicht hoffte sie jemanden zu treffen, vielleicht in einer Bar, vielleicht auf einer Party. Angeblich hatte niemand Sue auf einer Party gesehen, aber es gab in dieser Stadt ständig irgendwelche Partys, und wer in den Medien arbeitete, erfuhr immer, wann wo was los war.

Sue ist kurz davor, an der Wohnungstüre zu klingeln. Sie hört dumpfe Musik und Gelächter. Die fröhliche Stimmung verunsichert sie. Während sie unschlüssig dasteht, nähert sich hinter der Tür jemand. Sie hört ganz deutlich eine Männerstimme. Wie eine ertappte Einbrecherin kommt sie sich vor, wendet sich rasch ab und geht eilig die Treppe hinunter. Sie beschließt, ein wenig zu gehen, um sich abzulenken. Zuerst nimmt sie den Mann nicht wahr, der hinter ihr geht. Als sie seine Schritte hört und ihr klar wird, daß es ein Mann ist und daß sich dieser Mann ihr nähert, schaut sie sich um, ein wenig unsicher lächelnd, hoffend, in ein freundliches Gesicht zu blicken. Glück gehabt, denkt sie, als der Mann lacht und sie fragt, ob sie sich verlaufen habe, weil in dieser Gegend um diese Zeit kaum Leute anzutreffen seien. Sue entspannt sich und sagt zu dem Mann, daß sie die Stimmung dieser Nacht und dieser Gegend möge, sie sei Fotografin. Der Mann sagt, daß er sich nicht gerne fotografieren lasse, und beide lachen. Sie muß vor ihrem Tod gelacht haben. Das Messer hat sie erst sehr spät gesehen. Vielleicht hat sie es nur gespürt, aber nicht gesehen.

Es gab viele Geschichten, die davon handelten, wie die Seelen von Ermordeten auf irgendwelchen Schiffen herumgeisterten oder in einem Haus spukten. Und es gab die Geschichte von Frau Bleiker, einer älteren Dame, deren Sohn vor vielen Jahren spurlos verschwand. Er wurde zuletzt an einer Bushaltestelle gesehen. Niemand konnte sagen, ob er einen Bus bestieg oder sich lediglich eine Weile an der Haltestelle aufhielt. Frau Bleiker verbrachte danach unzählige Stunden an dieser Bushaltestelle. Sie saß immer nur da und schien darauf zu warten, daß ihr Sohn aus dem Bus stieg, wie wenn nie etwas gewesen wäre. Ihrem Mann erzählte Frau Bleiker, sie sei davon überzeugt, daß sich noch immer etwas von ihrem Sohn an dieser Bushaltestelle aufhalte. Dieses Etwas konnte sie nicht genauer umschreiben. Etwas ist noch da von ihm, sagte sie bloß. Ihr Mann war traurig darüber, daß seine Frau den Verlust ihres Sohnes nicht verkraftete und ganz offensichtlich verrückt geworden war. Da sich diese Verrücktheit aber auf die Besuche der Bushaltestelle beschränkte, konnte ihr Mann gut damit leben. Es vergingen mehrere Jahre. Die Bushaltestelle wurde aufgehoben und die Straßenbahnlinie verlängert. Frau Bleiker war mittlerweile auf eine Gehhilfe angewiesen, doch jeden Tag suchte sie den Ort auf, an dem ihr Sohn zuletzt gesehen worden war. Eines Morgens kehrte Frau Bleiker überraschend früh von ihrem täglichen Ritual zurück. Sie wirkte ausgesprochen gelöst und heiter. Ihr Mann wunderte sich, vermutete gar eine ernsthafte Erkrankung, war aber gleichzeitig angetan von dieser Verwandlung. Von diesem Tag an besuchte Frau Bleiker die ehemalige Bushaltestelle nicht mehr. Ihr Mann wollte natürlich von ihr wissen, was geschehen war, doch er erhielt lange keine Antwort und gab es schließlich auf, danach zu fragen. Erst als seine Frau viele Jahre später auf dem Sterbebett lag, wagte er es, die Frage noch einmal zu stellen. Was war an jenem Tag geschehen? Frau Bleiker war erschöpft, ihre Stimme brüchig. An jenem Morgen, sagte sie, war auf einmal nichts mehr von ihrem Sohn dagewesen. Vorher hatte sie immer etwas von ihm gespürt, an diesem Morgen spürte sie nichts mehr. Da wußte sie, daß er seine Ruhe gefunden hatte.

In einer Einfahrt lag das Skelett eines Fahrrades, das Vorderrad verbogen, ohne Reifen. Gleich daneben ein weißer

Fußball, der neu aussah und wie ein Fremdkörper wirkte. Zeitungsseiten und ein Putzlappen vor einer Kellertür. Im ersten Stock eine leichte Bewegung hinter einem Fenster. Die Gardine bewegte sich wie eine Welle am Strand. Jemand hatte mit einem Kreidestift ein seltsames Muster auf die Kellertür gezeichnet. Dem Haus gegenüber war eine Tankstelle. Letzte Zapfsäule vor dem industriellen Nichts. Weiter vorne ein rotes Haus, umgeben von Wellblechhütten und einem Gebrauchtwagenmarkt. An der Fassade des roten Hauses waren Satellitenempfänger in verschiedenen Größen montiert, manchmal zwei direkt übereinander. Fernsehen als letzte Alternative. Die Gegend wurde mit jedem Schritt unwirtlicher. Ich suchte nach vertrauten Anhaltspunkten und entdeckte fremdes Terrain. In Chicago hatte ich mich einmal verlaufen, als ich nach einem Bus suchte, der angeblich durch South Chicago tourte, ein von Schwarzen geführtes Busunternehmen, das aber pleite gegangen war, wie ich erst später erfuhr. Ich ging durch breite, praktisch menschenleere Straßen und landete an einer Straßenecke, an der ein heruntergekommenes Diner die einzige Attraktion war. Die Blicke der wenigen Gäste kamen mir feindlich vor, ich wurde gemustert wie ein Eindringling, so daß ich schnell wieder kehrtmachte. Ich ging die gleiche Straße, auf der ich locker hingekommen war, wieder zurück, doch diesmal verkrampft. Alles schien mir jetzt düsterer und verruchter, ich hörte plötzlich unangenehme Geräusche, vernahm aggressive Stimmen, die vorher entweder nicht dagewesen waren oder die ich einfach nicht wahrgenommen hatte. Meine Schritte beschleunigten sich, die Hitze staute sich unter meinem Hemd. Die Autos fuhren langsamer, die Fahrer beobachteten mich hinter dunklen Sonnengläsern. Ich ging nicht mehr so nahe an den Gebäuden entlang, achtete an den Kreuzungen darauf, nicht zu lange stehenzubleiben, und zwang mich dazu, mich nicht ständig umzublicken, um zielstrebiger zu wirken. Es half alles nichts. Die Unsicherheit zog alle Blicke wie magnetisch auf mich, ich war die Hauptattraktion, zum Abschuß freigegeben. Erst als ich stehenblieb, ruhig durchatmete und danach ganz langsam weiterging, veränderte sich die Umgebung wieder. Die Blicke der Menschen wurden entspannter, die Autos fuhren wieder mit normaler Geschwindigkeit, und an den Straßenecken lauerte mir niemand mehr auf. Ich ging in den Tagen danach mehrmals durch weitaus verruchtere Gegenden, begegnete Drogenhändlern und spindeldürren Nutten, die den Tod wie ein Kleid mit sich herumtrugen, doch ich fühlte mich nie mehr so beunruhigt, so ängstlich wie an jenem Nachmittag auf dieser kaum befahrenen Straße. Sue, so stellte ich mir vor, war in der fraglichen Nacht ebenfalls von einer plötzlichen Angst befallen worden. Eine Angst, die sie anfällig machte, die sie unsicher wirken ließ. Wie in Trance, das konnte auch heißen, daß Sue sich bemühte, möglichst sicher und geradlinig zu gehen, aus Angst aufzufallen, genau so, wie ich in Chicago versucht hatte, mich nicht unnötig umzublicken. Hätte man in Chicago meine Leiche gefunden und Zeugen befragt, vielleicht hätte auch jemand gesagt, er ging wie in Trance, so als könne ihm nichts etwas anhaben. Die Gegend, in der Sue sich aufgehalten hatte, konnte genauso unvermittelt bedrohlich wirken. Die öden, leeren Flächen, die ausgedienten Turbinen und rostigen Güterwaggons, das

Gras, das durch den Asphalt drang, die Schienen, die mit Moos überwachsen waren. Die Sonne neigte sich langsam hinter ein breites Gebäude, auf dem nur noch wenige grauweiße Lettern einen Hinweis auf die ehemalige Fabrik, die ehemaligen Besitzer lieferten. Lieblich bei Sonnenuntergang, dachte ich.

Wie Sue durch diese Gegend geht, ist es kühler. Sue fröstelt, sie trägt eine Lederjacke. Geht sie deshalb schneller, oder spürt sie die Kälte nicht, weil sie betrunken ist? Vielleicht hat sie gekifft?

Ich versuchte mir die Gebäude vorzustellen, die Sue als Fotografin interessiert haben könnten. Bald schon konzentrierte ich mich auf das, was zwischen den Gebäuden lag, da ich mich an Fotos von Sue erinnerte, die das Niemandsland zwischen Wohnblöcken zeigten, ungepflegte Gärten und blaßgraue Gesichter. Aber weshalb suchte sie in der Dunkelheit nach einem Motiv? Ein Kamin, der aussah wie ein Bohrturm, ragte aus der Erde, sinnlos, so als habe man ihm sein Gebäude weggenommen. Rost fraß sich in den Stahl, riesige Muttern hielten Verstrebungen zusammen, die niemand mehr gebrauchen konnte. Ein schmaler Weg führte an mit Stacheldraht geschützten Zäunen vorbei. Keine Vögel, kein Leben, nur ein entferntes Flugzeug als einzige Geräuschkulisse. In einer stürmischen Nacht würde der Wind durch die leeren Fabrikhallen ziehen und draußen Ziegel vom Dach fegen. Regen würde auf das rote Metall knallen und Wassertropfen wie Querschläger die Gesichter der Passanten treffen. Neben einem Kran lag eine Abrißbirne, die Gebäude um sie herum wirkten stolz, weil sie dem

Angriff widerstanden hatten. Von weit her Hundegebell. Der Himmel rötete sich im Westen, und ein Lieferwagen näherte sich langsam einer Einfahrt, die mit Kies bedeckt war.

Die Leiche wurde im Fernsehen gezeigt. Die Augen geschlossen, um den Mund Dreck. Sie lag neben einer Autobahnraststätte, und der Kommentar war mit jenem moralischen Unterton getränkt, mit dem man in den 60er Jahren Fernsehen machte. Es war eine Nutte, und der Mörder wurde als Prostituiertenkiller bezeichnet. Die Bluse der Frau war geöffnet, man sah eine große Brust, dunkel verfärbt. Der Killer, so beschrieb es der Kommentator, hatte die Frau erwürgt und anschließend mit seinem Wagen überfahren. Die Arme der Frau waren verrenkt, ein Bein seitlich weggeknickt, das andere angewinkelt, eine Hand war geöffnet, es sah unnatürlich aus, als habe der Mörder die geschlossenen Finger gewaltsam geöffnet, um der Hand etwas zu entreißen. Neben dem Kopf der Frau ein dunkler Fleck. Er begann genau beim Mund, wie eine monströse, leere Sprechblase. Es war Blut, das aus ihrem zerquetschten Schädel geflossen war, der Hinterkopf war flachgedrückt, man erkannte es jedoch erst, wenn man genauer hinschaute. Noch heute sehe ich das Blut in Farbe, auch wenn wir damals im Fernsehen alles nur schwarzweiß sahen. Ähnlich erging es mir mit einer Fernsehserie, die ich über zwanzig Jahre lang nicht mehr gesehen hatte. Ich hätte schwören können, daß ich sie damals in Farbe gesehen hatte. Doch die Wiederholung war schwarzweiß. Vielleicht suchte Sue nach Motiven, die in der Vorstellung des Betrachters ähnliches bewirkten. Graue Bilder, die im Kopf der Betrachter nach Farbe schrien. Unweigerlich stellte ich mir die Blutlache vor, die sich neben Sues Körper gebildet haben mußte. Dabei hatte ich einmal gelesen, daß es Stichwunden gab, die nur nach innen bluteten.

Da in den Gebäuden kein Licht brannte und die Gegend nur durch die Straßenbeleuchtung erhellt wurde, verdunkelte sich die Umgebung sehr schnell. Wie schwarze Löcher schluckten die großen Fabrikgebäude das Licht, nur ihre Umrisse waren noch zu erkennen, düstere Schattenrisse, deren Wucht unheimlich wirkte. Mit der Dunkelheit veränderten sich die Geräusche. Eine Katze klagte unsichtbar ihr Leid, und Metall quietschte in einem eigentümlichen Takt. Nur noch sporadisch fuhren Autos durch die Straßen. Für Sekunden erhellten die Scheinwerfer Tore und Häuserfronten, gaben den Ruinen ein momentanes Gesicht. Ich verharrte minutenlang an einer Straßenecke, einen Fuß auf einer Sitzbank, die groteskerweise dastand wie auf einer fröhlichen Wiese. Ein ausgedienter Wagen ohne Nummernschild und mit eingeschlagenen Fensterscheiben stand unter einem Wellblechdach. Hier hatte die Zeit ihre Bedeutung verloren, hier wurde alles zu einem immerwährenden Zustand, durchbrochen nur durch verirrte Seelen auf vier Rädern, die auf ihrer Fahrt einen Gang höher schalteten, aus Angst davor, bei zu tiefer Geschwindigkeit von den schwarzen Löchern verschluckt zu werden. Hatte sich Sue verschlucken lassen, war sie wie ein Stück Metall ihrem Magneten begegnet, der sie nicht mehr losließ? Ich sah sie Nacht für Nacht an den Fabriken vorbei-

27. November 99

Lieber Männi

Am letzten Konzert waren die Damen vom Kochclub "zur braunen Kelle" mitgerissen und haben sich begeistert auf die Schürzen geklopft. Am Freitag, den 17. Dezember, ab 20.30 Uhr spielt

French Connection

vor gemischtem Publikum im Restaurant Bajazzo an der Clarastrasse 43, Basel. Mit:

Anne Villalba, vocal

Denis Naegeli & J. Michel Trimaille, guitars

Urs Hansherr, bass, Etienne Demange, percuss.

Christian Steiner, tp & flh

Gruss

Christian

Hobbycook F.V. leaves aplon in Taipeh. In Bluxelles fol flittes and mussels aplon is not needed.

29.11.99

0070 P

Herrn

Hermann Späth

Innere Margarethenstr. 19

4051 Basel

schleichen, unfähig, der Anziehungskraft zu widerstehen. Und jede Begegnung saugte Energie aus ihrem Kopf, wie bei einer Spielerin, die unzählige Male den Geldspielautomaten fütterte, bis nichts mehr da war, was sie am Leben halten konnte. Hatte sie mich angerufen, damit ich sie davon abhielt, wieder auf das Gelände zu fahren? Eine Süchtige, die nicht mehr loskam von einer Szenerie, die sie zur hilflosen Statistin machte?

Die Anziehungskraft von Städten erlebte ich erstmals in Berlin. Damals war ich ein unruhiger Student, der sich in Kreuzberg einnistete, ohne Geld, ohne Perspektive. Ein paar Liebschaften und erste Artikel für ein alternatives Blatt. Es ging mir mit jeder Woche schlechter, zuerst nur psychisch, dann begann auch mein Körper gegen die Stadt zu rebellieren. Ich bekam Ausschläge, wenn ich die Wohnung verließ, bekam Fieber, wenn ich mich auf den Weg machte, um die Stadt zu verlassen. Einmal brach ich am Bahnhof kraftlos zusammen, das Ticket nach Zürich hatte ich bereits in der Tasche, doch Berlin ließ mich nicht gehen. Als ich es endlich geschafft hatte, die Stadt zu verlassen, wurde ich Nächte später durch Albträume geweckt, in denen ich in einen Zug stieg, der zwar fuhr, aber nicht wegkam aus Berlin. Eine Psychologin, mit der ich befreundet war, versuchte meine Symptome zu deuten. Ihre Erklärungen klangen plausibel, sie kannte mich gut, doch ich blieb überzeugt davon, daß es nicht Verdrängtes war, was mein Leiden mit Berlin auslöste, sondern daß es die Stadt war, die mir nicht bekam, weil sie mich ganz und gar wollte, mich in ihren Sog zog und nicht mehr losließ. Seither schauderte mir beim Gedanken, nach Berlin zu fahren oder zu fliegen. Ich vermied es auch, Flugzeuge zu besteigen, die über Berlin flogen, weil ich insgeheim befürchtete, der Sog über Berlin könnte so stark sein, daß er mich mitsamt dem Flugzeug herunterziehen würde. In keiner anderen Stadt verspürte ich so etwas. Ansatzweise erlebte ich ähnliches in Amsterdam, doch dort waren es nur kurze Phasen, Stunden, in denen ich glaubte, die Stadt sauge mir das Gehirn aus dem Schädel. Die amerikanischen Städte, die ich besuchte, ließen mich problemlos gehen, auch Frankfurt, Hamburg oder Köln versuchten nicht, mich festzuhalten. Die Stadt als Organismus, der einem feindlich gesinnt war. Und wenn es nicht die Stadt als Ganzes war, dann waren es Stadtteile, Straßenzüge, Häuserblocks, die einen magisch anzogen. Manche Indianer glaubten, daß jeder Mensch in einem Raum und auf einer offenen Fläche einen ganz bestimmten Platz hatte, an dem er sich wohl fühlte. Jeder mußte für sich diesen Platz finden. Ich versuchte die Anziehungskraft zu spüren, die Sue an diesen Ort getrieben hatte, doch ich spürte nichts, ich war ein Verirrter, weit weg von der Wahrheit und weit weg von Sue.

11 Glenfiddich

Auf dem blauen Sessel lag eine dösende Katze. Sie öffnete ab und zu ein Auge, beobachtete mich einige Sekunden, schloß das Auge wieder und döste weiter. Die Lehrerin telefonierte mit einem Mann, dem sie vorwarf, daß er ohne ihre Erlaubnis mit ihrem Wagen gefahren war und ihn anschließend mit leerem Tank und ohne Erklärung abgestellt hatte. Die Lehrerin trug enge Jeans und eine weite, bis oben zugeknöpfte Bluse. Sie lebte in einer günstigen Stadtwohnung, die vor zwei Jahren saniert worden war. Ich hatte mir keine Vorstellung von Andrea Hunziker gemacht, und trotzdem war ich überrascht, als sie mir die Tür öffnete. Sie war klein und hatte wie viele kleingewachsene Menschen einen festen Händedruck. Als sie mir einen Drink anbot, fragte ich nach Whisky, und sie sagte mit Bedauern in der Stimme, daß sie nur Glenfiddich habe. Ich lachte und sagte, daß der Glenfiddich so etwas wie die Mutter aller Malt-Whiskys sei.

«Einer meiner Kollegen trinkt gerne ab und zu einen Whisky. Er hat mir gesagt, er trinke keinen Glenfiddich, weil man den überall kriege.» Sie holte ein Whiskyglas aus einer Vitrine und füllte es zwei Fingerbreit.

«Das stimmt schon», sagte ich. «Glenfiddich ist der weltweit meistverkaufte Single Malt. Er wird in Dufftown von William Grant und seinen Söhnen produziert. Erst 1963 haben sie sich dazu entschlossen, ihren Single Malt erstmals auch im Ausland zu verkaufen. Das war damals völlig unüblich. Die schottischen Whiskyproduzenten gingen davon aus, daß die Single Malts zu geschmacksintensiv seien für die Ausländer. Man muß sich das einmal vorstellen, da wird jahrzehntelang versucht, möglichst ausgewogene Blend-Whiskys zu produzieren, ohne daß man ahnt, daß die reinen, unverfälschten Single Malts der eigentliche Schatz sind. Erst der kommerzielle Erfolg des Glenfiddich hat auch anderen Distillerien Mut gemacht, eigene Single Malts auf den Markt zu bringen. Daran sollte man immer denken, wenn man ein Glas Glenfiddich trinkt.»

«Du redest wie ein Whiskiologe. Ich weiß nicht mal, ob der Wein, den ich trinke, eine gewisse Qualität hat.»

Andrea nahm einen Schluck Wein. Sie hatte gelacht, als sie mit mir anstieß. Das Gespräch über unsere Trinkgewohnheiten war ein Abtasten, der Versuch sich näherzukommen, ohne sich dabei zu entblößen. Sues beste Freundin und der Liebhaber für eine Nacht. Der Anruf hatte die Annäherung unterbrochen, danach war ein neuer Anlauf nötig. Ich spürte ihre Unsicherheit, sah auch, wie sie sich manchmal zu mir umdrehte, während sie in die Muschel sprach. Einmal traf sich ihr Blick mit dem offenen Auge der Katze, diese hob den Kopf, öffnete dabei beide Augen und sah erwartungsvoll zu Andrea. Als Andrea sich wieder abwandte, glaubte ich im Blick der Katze Enttäuschung zu sehen. Wie aus Trotz drehte sie sich halb um die eigene Achse, legte sich hin und hielt uns das Hinterteil entgegen.

Andrea stöhnte auf, als sie den Hörer auflegte. Sie streichelte im Vorbeigehen die Katze, die nicht reagierte, nahm ihr Weinglas vom Tisch und setzte sich mir gegenüber in den Sessel.

«Ich habe seit einer Woche nicht mehr über Sue geredet. Ich weiß noch nicht, wie ich damit umgehen soll.»

«Wer weiß das schon», sagte ich.

«Wir haben uns seit vielen Jahren gekannt. Manchmal waren wir enger zusammen, manchmal weniger. Ich lernte Sue in einer WG kennen. Meine erste und einzige Erfahrung in einer Wohngemeinschaft. Wir lebten mit zwei Studenten zusammen. Der eine war schwul und holte sich regelmäßig Bauarbeiter aufs Zimmer. Typen, die fluchten und literweise Bier soffen. Der andere Student war schüchtern und in Sue verknallt. Er schrieb ihr Gedichte und hörte ständig romantische Lieder, zu denen er auch noch sang. Er tat Sue leid, weil sie nichts für ihn empfand und weil sie sah, wie er litt, wenn sie mit anderen Männern zusammen war. Sie brachte deshalb keine Männer mit in die Wohnung. Wenn sie von einer Liebesnacht nach Hause kam, saß der Student traurig in der Küche. Sue versuchte mich mit ihm zu verkuppeln, aber ich hatte etwas mit einem verheirateten Mann laufen, und schüchterne Studenten waren und sind nicht mein Fall. Nach einem Jahr zog ich aus, nahm mir eine Wohnung, um mich mit dem verheirateten Mann diskret treffen zu können. Die Wohnung war viel zu teuer, und es vergingen keine zwei Monate, bis der Typ mir den Laufpaß gab. Seine Frau war zum zweitenmal schwanger geworden, obwohl er mir hoch und heilig geschworen hatte, daß zwischen ihnen im Bett nichts mehr lief. Wahrscheinlich wurde sie beim Fernsehen schwanger. Auf jeden Fall hatte ich keinen Freund mehr, dafür eine teure Wohnung. Ich rief Sue an, und die hatte gerade Streit mit dem schüchternen Studenten, der plötzlich nicht mehr schüchtern, sondern penetrant aufdringlich war und Sue regelrecht terrorisierte. So kam es, daß wir fast zwei Jahre zusammenwohnten. Das ging erstaunlich gut, wir streßten uns nicht gegenseitig mit Ansprüchen, sondern versuchten einfach möglichst elegant aneinander vorbei zu kommen und zweimal in der Woche gemeinsam zu kochen und zu essen. Sue ernährte sich sonst hauptsächlich von Schokolade und Zigaretten, und ich aß Fertiggerichte und bildete mir ein, daß das Zeugs gut schmeckte.»

Sie lächelte, dann wurde ihr Gesichtsausdruck unvermittelt ernst. Sie nahm einen Schluck Wein und verzog leicht angewidert den Mund. Alles bekam einen seltsamen Beigeschmack, wenn der Tod mit am Tisch saß.

«Ich erinnere mich gerne an diese Zeit, da waren wir uns sehr nahe. Heute ist jede Erinnerung mit Schmerz verbunden, weil jetzt alles nur noch Erinnerung ist. Sue ist nicht mehr, und es kommt vor, daß ich nachts aufwache und mir sage, das kann nicht sein, Sue ist nicht tot.»

«Du hattest dich mit ihr für den nächsten Abend verabredet?»

«Ja. Es war der vierte oder fünfte Versuch. Wir hatten uns seit Wochen nicht mehr gesehen und wollten wieder einmal zusammen ins Kino gehen. Doch es kam immer etwas dazwischen. Sie rief mich an jenem Abend an, als es geschah. Sie klang ein wenig gestreßt, ich fragte sie, ob sie noch etwas vorhabe, aber sie sagte, sie werde sich einen Fernsehabend machen.»

«Danach hat sie mich angerufen und eingehängt, als sich mein Anrufbeantworter meldete.»

«Und ein paar Stunden später wurde sie ermordet.»

Andrea schüttelte langsam den Kopf. Ich fragte mich, was ich von ihr erwartete, weshalb ich ihr gegenübersaß, was ich sie fragen sollte. Wir schwiegen lange, beobachteten beide die Katze, die durch unsere Blicke in ihrer Ruhe gestört schien, sich aufrichtete, einen Buckel machte, dabei die Zunge weit herausstreckte und schließlich vom Sessel sprang und aus dem Wohnzimmer trottete. Ich begann von meiner Begegnung mit Sue zu erzählen, von der Bar und der Nacht in ihrer Wohnung. Andrea nickte.

«Das war nicht ungewöhnlich. Sue hatte oft Männer für eine Nacht, auch damals, als wir zusammenlebten. Sie sagte, daß sie den Kick ab und zu brauche und daß sie nicht bereit sei für eine feste Beziehung. Ganz schön riskant ein solches Liebesleben, aber ich glaube, bei ihr lief nie etwas ohne Gummi. Ich habe ein einziges Mal mit einem Mann geschlafen, den ich am gleichen Abend kennengelernt habe. Es war kein schönes Erlebnis. Dafür lande ich dauernd bei Männern, die nicht frei sind. Sue fand verheiratete Männer langweilig. Wahrscheinlich hatte sie recht. Ich fand die Männer, mit denen sie eine Nacht lang herumturnte, langweilig, und wahrscheinlich hatte ich auch recht. Schläfst du oft mit Frauen, die du in einer Bar aufreißt?»

Ich grinste und dachte an die Schwarzhaarige, die meiner Erinnerung je länger je mehr entglitt.

«Ab und zu.»

«Und was bringt es dir?»

«Muß immer alles was bringen?»

«Muß es nicht.»

«Eben.»

Sie schenkte sich Wein nach, obwohl ihr Glas halb voll

war. Ich nahm die Flasche Glenfiddich und füllte mein Glas fast bis zur Hälfte. Der Alkohol machte alles sanfter und weicher, auch den Tod.

«Glaubst du, daß Sue in jener Nacht auf ein Abenteuer aus war?»

«Möglich», sagte Andrea nachdenklich. «Als wir zusammen wohnten, kam es vor, daß sie plötzlich aufstand, wenn wir in der Küche saßen, sich eine Jacke anzog und wortlos aus der Wohnung ging. Oft sah ich sie dann erst am nächsten oder übernächsten Tag wieder. Wir sprachen selten über solche Nächte, aber mir war klar, daß sie diese bei fremden Männern verbrachte.»

«Gab es Männer, mit denen sie sich regelmäßig traf?»

«Ja. Philippe, ein Fotograf, der in Genf lebt, und Marcel, ein Computerspezialist, mit dem sie stundenlang über die Möglichkeiten der Computerfotografie redete. Zwischen den beiden lief aber nichts. Mit Philippe war mal was. Aber sonst? Ihr Freundeskreis wechselte mit ihrer Arbeit. Ich brauche ein paar Vertraute um mich herum, ein paar Rituale, eine Freundin, mit der ich schwimmen gehe, eine, mit der ich mich über Kunst unterhalte, und ein paar Freunde, mit denen man langsam alt wird. Sue hatte das alles nicht. Sie sagte mir einmal, daß ich die einzige Freundin sei, mit der sie länger als drei Jahre regelmäßig Kontakt habe. Ich fand das traurig, aber ich glaube, ihr sagten Begriffe wie Freundschaft und Vertrauen nicht viel.»

«Hatte sie Geschwister?»

«Einen Bruder. Lebt seit Jahren in einem Heim. Sue besuchte ihn ab und zu. Ihr Bruder blieb geistig auf dem Niveau eines Achtjährigen stehen. Sues Mutter kam ab und zu auf Besuch, ihren Vater habe ich nie gesehen. Sie sprach auch nie über ihre Eltern.»

«Ich war gestern in der Gegend, wo sie getötet wurde. Ich habe mich gefragt, weshalb sie dorthin ging, weshalb so spät und weshalb zu Fuß?»

«Diese Fragen habe ich mir schon tausendmal gestellt. Aber ich finde keine Antworten darauf. Ich kenne die Gegend kaum, bin einige Male durchgefahren. Ich käme nie auf die Idee, dort nachts spazierenzugehen.»

«Hat sie das öfter gemacht? Nächtliche Spaziergänge?»

«Sie hat mir nie davon erzählt. Sie ging gerne in Bars, trank etwas und ging wieder. Ich möchte nicht, daß du einen falschen Eindruck kriegst. Sie ließ sich nicht dauernd von Männern abschleppen. Das kam vielleicht einmal im Monat vor. Die meiste Zeit arbeitete sie. Für Fotoreportagen opferte sie unglaublich viel Zeit. Sie konnte wochenlang auf Sujetsuche gehen oder tagelang Filme belichten für Aufträge, die sie gerade knapp über Wasser hielten. Sue hatte immer Geldprobleme.»

«Hatte sie Kontakte zu dubiosen Kreisen?»

«Du fragst wie ein Polizist. Genau das haben sie mich nämlich auch gefragt. Ich habe der Polizei nicht gesagt, daß Sue regelmäßig kiffte. Ich rauche auch ab und zu etwas. Sue hat sich den Stoff von einem Bekannten besorgt, der Modefotograf ist. Sie hat eine Zeitlang auch Kokain genommen, aber wieder damit aufgehört. Sue hat nie in solchen Kreisen verkehrt. Das Drogenelend in Zürich hat sie sehr mitgenommen. Sie hat für eine Zeitschrift am Letten eine Fotoreportage gemacht, aber nach zwei Tagen die Redaktion angerufen und gesagt, sie sollten jemand anderen anfragen.

Das hat sie sehr beschäftigt, damals. Sie sagte mir, ihr sei bewußt geworden, daß sie zu wenig stark sei, um als Fotoreporterin arbeiten zu können.»

«Ihren Wagen hat sie am Albisriederplatz abgestellt. Kannte sie jemanden, der in der Nähe wohnt?»

«Keine Ahnung. Wie ich schon sagte, unser Kontakt war lose geworden in den letzten Monaten. Wir telefonierten ab und zu, fanden aber kaum noch Zeit, um gemeinsam essen zu gehen.»

«War sie vielleicht verliebt, hatte sie in den Tagen vor dem Mord einen Mann kennengelernt?»

«Kann sein, aber ich bezweifle es. Sue war selten verliebt. Wenn, dann sprudelte sie nur so über vor Verliebtsein. Sie teilte es allen mit, was sonst gar nicht ihre Art war. Nein, wenn sie verliebt gewesen wäre, hätte sie mir am Telefon eine Andeutung gemacht.»

«Mir will einfach nicht in den Kopf, weshalb sie mit mir reden wollte an jenem Abend.»

«Das kann ich gut verstehen. Aber vielleicht war es nur aus einer Laune heraus. Wenn jemand stirbt, neigen wir dazu, allem eine Bedeutung beizumessen, auch wenn es gar keine hat.»

Andrea stand auf und stellte ihr Glas ab. Sie ging zum Fenster und öffnete es. Ich fühlte mich schwer, mein Magen war wie eine Hand, die sich zur Faust zusammenzog. Seit meiner Rückkehr hatten sich meine Eßgewohnheiten verändert. Ich aß zum Frühstück kaum etwas, zwischendurch ein Sandwich oder Süßigkeiten. Ich fühlte mich dadurch wacher und nervöser, kam mir vor wie eine Feder, die erstmals nach langen Jahren wieder gespannt wurde.

«Sue hat Tabletten geschluckt», sagte Andrea, noch immer von mir abgewandt.

«Was für Tabletten?» fragte ich.

«Schlafmittel, Valium, alles mögliche.»

«War sie süchtig?»

«Sie hat das Zeugs jahrelang genommen.»

Andrea ging zum Fernseher und nahm eine Porzellaneule, die auf dem Gerät stand, in die Hand, strich über die Eule und stellte sie wieder ab.

«War sie in Behandlung?»

Andrea nickte. «Eine Zeitlang war sie in psychotherapeutischer Behandlung. Sie litt vor allem an Schlafstörungen, konnte zeitweise mehrere Nächte hintereinander nicht schlafen. Sie sagte mir, daß sie wach im Bett liege, unfähig aufzustehen, ohne Hoffnung auf Schlaf. Das war es, was sie in die Bars trieb, in die Clubs. Sie tanzte nicht, sie unterhielt sich nicht gerne mit fremden Leuten, aber in den Bars verstrich die Zeit bis zum Morgengrauen schneller als im Bett.»

«Konnte sie tagsüber schlafen?»

«Manchmal, ja. Oft schlief sie aber nur zwei, drei Stunden in einer Nacht, ohne tagsüber müde zu sein. Die Müdigkeit kam erst nach Tagen, wie ein Hammer, sagte sie mir. Doch auch diese Müdigkeit führte nicht dazu, daß sie schlafen konnte, sie hielt sie nur von der Arbeit ab.»

«War diese Schlaflosigkeit ein Dauerzustand?»

«Schlafstörungen hatte sie praktisch jede Nacht. Die eigentliche Schlaflosigkeit kam periodisch. Sie verschwand auch wieder. Sue versuchte alles mögliche, alle alternativen Methoden, Kiffen half ein wenig, aber echte Linderung brachte nur die Chemie.»

Andrea saß wieder im Sessel, und aus einem Nebenraum hörte ich die Katze, die im Katzenklo scharrte.

«Ich habe ihren Mut, sich als selbständige Fotografin durchzuschlagen, immer bewundert. Aber wahrscheinlich war das weniger Mut als Notwendigkeit. Sue war nicht teamfähig, die Meinung anderer Leute interessierte sie nicht. Sie konnte verletzend sein, abweisend und stur. Und sie ertrug es nicht, mit Leuten zusammenzuarbeiten, die sie für unfähig hielt. So macht man sich natürlich keine Freunde.»

«Als ich bei der Zeitung begann, gab es eine Menge solcher Leute in der Redaktion. Spinner, kaputte Typen, eigenwillige Mimosen und geniale Wirrköpfe. Mit jedem Jahr wurden es weniger. Es kamen all die teamfähigen Arschkriecher, deren bevorzugter Charakterzug es war, pünktlich an Sitzungen zu erscheinen.»

«Sue hat es gehaßt, für Zeitungen und Zeitschriften zu arbeiten.»

«Sie hat es dennoch regelmäßig getan.»

«Sie wollte von keinem Mann abhängig sein. Sie wollte auch nicht von mir abhängig sein. Wenn wir essen gingen oder ins Kino, legte sie Wert darauf, daß wir getrennt zahlten oder uns abwechselten. Wenn sie knapp bei Kasse war, fand sie tausend Ausflüchte, um Verabredungen zu verschieben oder ganz abzusagen.»

Ich trank mein Glas leer und stellte es auf den Beistelltisch. Andrea schaute reflexartig auf ihre Armbanduhr, lächelte verlegen, so als wollte sie sich für den Blick auf die Uhr entschuldigen.

«Es ist nicht viel, was ich dir sagen kann.»

«Ich bin nicht hierhergekommen, weil ich etwas Bestimmtes über Sue erfahren wollte. Die Polizei hat Nachforschungen angestellt. Falls ihr Tod durch polizeiliche Ermittlungen aufgeklärt werden kann, wird das früher oder später geschehen. Es gibt aber etwas, was die Polizei nie wird aufklären können.»

«Sues Anruf?»

Ich nickte. Ich glaubte plötzlich zu wissen, daß Sue mich auf etwas aufmerksam machen, mir etwas mitteilen wollte.

«Du verrennst dich in etwas», sagte Andrea.

«Manchmal muß man sich in etwas verrennen, um danach wieder klarzusehen.»

«Wenn ich morgen tot sein sollte, wird unser Treffen heute ebenfalls eine Bedeutung bekommen, die es eigentlich nicht hat. So ist es doch, oder?»

«Ihr Tod beschäftigt dich genauso wie mich», sagte ich bestimmt.

«Ein Teil des Elends dieser Welt kommt daher, daß wir Menschen immer auf alles eine Antwort möchten. Aber es gibt keine Antwort auf den Tod. Sue hat mir gezeigt, was es heißt, keine Kompromisse einzugehen. Ich könnte so nicht leben. Niemand kann so leben. Ich hatte oft Angst um sie, befürchtete, daß sie sich eines Tages das Leben nehmen könnte.»

«Sue hat sich nicht umgebracht. Die meisten Leute bringen sich um, indem sie zu viele Kompromisse eingehen. Fragst du dich nicht manchmal, was für ein Leben du lebst? Ich meine, wessen Leben du lebst, deines oder ein Leben, wie man es dir nahelegt?»

«Ich habe mit Sue oft über solche Dinge gesprochen. Es sind Fragen, die nirgendwohin führen. Ich habe morgen eine

Sitzung mit der Schulbehörde. Da nützen mir keine philosophischen Exkurse. Es geht um Fakten und um Argumente. Sue hat es sich etwas leicht gemacht mit ihrem Abseitsstehen. Vom Rand aus läßt es sich gut lästern über all die anderen, die in der Mitte stehen. Das ist wie in der Politik. Am Rand wird gebellt, doch am Ende streben alle ins Zentrum, an die Macht. Sue hat keinen inneren Halt gefunden, kein Fundament, auf dem man stehen kann. Sie lehnte es einerseits ab, ihre Bilder auszustellen, andererseits beklagte sie sich darüber, nicht wahrgenommen zu werden als ernstzunehmende Fotografin. Sie wartete auf Anerkennung wie auf ein Geschenk. Ich versuchte ihr klarzumachen, daß man sich Anerkennung erarbeiten muß, doch sie lachte nur.»

Andreas Stimme war atemloser geworden. Sie nahm einen Schluck Wein, fuhr sich mit dem Handrücken über den Mund und starrte auf das Glas.

«Aber das war nur eine Seite von Sue. Im persönlichen Umgang konnte sie auch sehr nachsichtig sein, sogar gegenüber Menschen, die sie nicht mochte. Es genügte allerdings ein falsches Wort, um Sue gegen sich aufzubringen. Sie war ein schwieriger Mensch.»

«Über was genau habt ihr gesprochen an jenem Abend am Telefon?»

Andrea richtete sich im Sessel auf, zog ein Knie an und setzte den Fuß auf die Kante des Sessels.

«Banalitäten. Wir wußten noch nicht, welchen Film wir anschauen wollten. Ich überließ Sue die Auswahl. Sie fragte, wie es mir ginge, ich erzählte ein wenig von der Schule und von meinem Freund, den Sue nicht kannte. Sie erzählte wenig über sich, sagte, daß sie viel fotografiert habe und sich überlege, einen Fotoband zusammenzustellen. Ich freute mich, denn es war das erste Mal, daß Sue davon sprach, ihre Fotografien zu veröffentlichen. Sie zögerte aber gleich wieder und sagte, daß das vielleicht nur eine spontane Idee sei, die schon bald wieder verfliege. Ich machte ihr Mut, spürte aber, daß sie nicht über das Projekt reden wollte. Das war es auch schon. Ein ganz normales Gespräch zweier Freundinnen. Vielleicht hatte sie sich an jenem Tag vorgenommen, wieder mehr Kontakte zu pflegen.»

«Natürlich. Sie setzt sich hin und überlegt, wen sie wieder einmal gerne sehen würde. Und es fällt ihr gerade mein Name ein. Das ist mir zu einfach, das akzeptiere ich nicht.»

Andrea stöhnte auf und schüttelte den Kopf.

«Du kommst mir vor wie einer dieser Mystiker, die hinter jedem Unsinn einen tieferen Sinn vermuten. Wie oft hast du schon jemanden angerufen, ohne genau zu wissen, weshalb? Das Leben ist launenhaft, und Sue war extrem launisch. Vor vier Jahren hatte sie einen Termin bei einer Werbeagentur. Es ging um einen Auftrag, der Sue finanziell ein sorgenfreies Jahr hätte bescheren können. Den Auftrag hatte sie in der Tasche, es ging nur noch darum, Abgabetermine zu fixieren. Aber Sue tauchte nie mehr in der Agentur auf. Sie fuhr in ihrem Wagen nach Italien und kehrte erst drei Wochen später wieder zurück. Mir erzählte sie, daß sie plötzlich Lust bekommen habe, in der Toskana im Gras zu liegen, da sei alles andere zweitrangig geworden.»

«Sue hat nur das getan, was wir alle auch gerne ab und zu tun würden.»

«Natürlich. Und das war auch toll. Nur kann man mit jemandem wie Sue nicht ernsthaft zusammenarbeiten. Ein solches Leben kannst du dir nur leisten, wenn du entweder steinreich oder bettelarm bist. Sue war in einem gewissen Sinne asozial. So wie es diese Leute im Jet-set vielleicht sind. Fliegen heute in die Karibik, morgen an den Opernball, und zwischendurch malen sie bunte Bilder, die sie selber als Kunst betrachten. Doch Sue hatte nie die Leichtigkeit dieser Nichtsnutze. Sie war ernsthaft, arbeitete verbissen, und sie wußte, daß das, was sie machte, gut war. Ihre Ausbrüche waren wie Fluchten aus dieser Ernsthaftigkeit. In solchen Momenten wurde sie zum Teenager, der einen mit verschmitztem Lächeln um Verzeihung bat und gleichzeitig den nächsten Streich vorbereitete. Mir hat diese leichte, diese leichtsinnige Sue nie besonders gut gefallen. Sie kam mir wie eine schlechte Schauspielerin vor, die alles übertrieb.»

«Ich glaube, ich habe nur die ernsthafte Sue kennengelernt. Ist das nicht seltsam? Ich war nur ein flüchtiges Abenteuer für sie, einer dieser leichtsinnigen Ausflüge in ein anderes Leben, aber sie blieb ernsthaft, es kam nie eine Lockerheit auf, die es uns beiden leichtgemacht hätte, uns zu verlieben.»

«Vielleicht wollte sie dich nach einer Adresse fragen?»

«Was für eine Adresse?» fragte ich, verärgert über den abrupten Themenwechsel. Wenn du keine Lust mehr hast mit mir zu reden, dann sag es mir gefälligst, dachte ich.

«Irgendeine Adresse, ein Name, ein Verlag. Du bist Journalist, du kennst dich aus.» Sie stand schulterzuckend auf und räumte demonstrativ die Flaschen auf dem Salontisch weg und stellte sie in die Vitrine, die als Bar diente. Ich gab mir keine Mühe, höflich zu sein, knurrte etwas Unverständliches vor mich hin, griff nach meiner Jacke, wünschte Andrea einen schönen Abend und verschwand.

12 Tyrconnell

Nach dem dritten Glas wurde die Welt runder. Keine scharfen Kanten mehr, keine Randschärfe mehr bei Bildern, alles wurde wellenförmig, das Leben bekam Meersicht. Ich saß auf einem Holzstuhl auf dem schmalen Küchenbalkon, beobachtete Passanten, die unten vorbeigingen, sich unterhielten, Satzfetzen, die wie Nachrichten fremder Radiostationen zu mir hochschwebten. Mein Blick folgte zwei Frauen, die zu einem roten Nissan gingen und einstiegen. Beste Freundinnen. Die brave Lehrerin Andrea und die ausgeflippte Fotografin Sue. Sanft Gas geben, anfahren und weg. Sue auf der Überholspur, Andrea mit angezogener Handbremse. Sue tot, Andrea bei der Schulbehörde. Ich nahm einen weiteren Schluck und schlug mit der Faust auf das schmiedeeiserne Geländer. Jahrelang hatte ich mich mit den Andreas umgeben und heimlich die Nähe zu den Sues gesucht. Jahrelang hatte ich mir etwas vorgemacht. Wie ein Scheintoter saß ich auf meinem Redaktionsstuhl und kam mir dabei unheimlich lebendig vor. Neben mir all die anderen Wachsgesichter, die alle der irrigen Vorstellung nachhingen, daß wenig Schlaf und ab und zu guter Sex den Rock and Roll des Lebens ausmachten. All das Gelaber über ausschweifende Nächte, spontane Trips nach London oder New York, und drei Tage später hockte man wieder in der Kantine und ereiferte sich über Sparmaßnahmen und den neuen Inlandchef. Andrea, die Lehrerin, machte sich nichts vor. Als Lehrerin konnte man sich nichts vormachen. Vielleicht abends Gedichte schreiben, sich in einer Partei engagieren oder heimlich schlechte Horrorfilme im Fernsehen anschauen. Lehrkräfte, die das nicht mehr aushielten, versuchten sich oft als Journalisten. Schreiben konnten sie alle einigermaßen, und sie freuten sich gierig auf unregelmäßige Arbeitszeiten, unrasierte Kollegen und Frauen, die keine Tabus kannten. Und zwei, drei Jahre später saßen sie an der Redaktionssitzung wie im Lehrerzimmer, setzten durch, daß während der Sitzungen nicht mehr geraucht werden durfte, und versteckten ihre Hände in den Hosentaschen, um ja nie in Versuchung zu geraten, eine Kollegin sexuell zu belästigen.

Über all die Jahre hatte ich mich angepaßt, hatte meinen Ekel vor den gemeinsamen Mittagessen in der Kantine überwunden, hatte mich an all den kleineren und größeren Intrigen beteiligt, mich zu Kolleginnen ins Bett gelegt, mir ihre Lebensängste angehört und neue Redaktionsmitglieder ermuntert, wenn der typische Lagerkoller aufkam, der jeden befiel, der nach jahrelanger freiberuflicher Tätigkeit seine Träume gegen einen festen Monatslohn verpfändete. Ich hätte noch jahrelang auf der Redaktion arbeiten können, mir selber beim Altern zuschauend, wie ich es bei Kollegen beobachtete, die abends vor dem Monitor saßen und zwischendurch aus dem Fenster schauten. Abends wurden die Fensterscheiben zu Spiegeln, sie gaben den Blick nicht mehr frei, sie engten nur noch ein, zeigten unerbittlich, daß man sitzengeblieben war.

Sue hatte keine andere Wahl. Sie hätte nicht bestehen können zwischen den Zynikern und den Romantikern, den arschkalten Realisten und den zielstrebigen Karrieristen, die bei der Zeitung arbeiteten. Sue war eine Künstlerin, und wie alle echten Künstler sah sie es als ihre wichtigste Aufgabe an, sich selbst zu bleiben. Ich hatte diesen Aspekt des Künstlerlebens lange nicht wahrhaben wollen. Künstler waren mir immer fremd geblieben, ich verstand nicht, weshalb sie sich darauf einließen zu scheitern, ihr Leben hingaben und meist verzweifelten, egal, ob sie Erfolg hatten oder unbekannt blieben. Die Vorstellung, von einer inneren Kraft getrieben zu werden, beunruhigte mich. Seit meiner Kindheit war ich darum bemüht, eine gewisse Ausgeglichenheit in mein Leben zu bringen. Während andere vor Routine zurückschreckten, sehnte ich mich danach, sah mich als Mitarbeiter in einem großen Team, mit einer Aufgabe, die Teil eines Ganzen war. Kurze Phasen, in denen ich aus dem Tritt geriet, mich einer Leidenschaft hingab oder zuviel trank, wechselten sich ab mit längeren Perioden, in denen ich meinen Tagesablauf minutiös plante, bis die Routine zu einem gut geschmierten Mechanismus wurde, aus dem ich problemlos ein paar Stunden ausbrechen konnte, um später wieder sanft darin einzurasten. Reife, so redete ich mir ein, war nichts anderes, als die Fähigkeit, das Leben langweilig zu gestalten, ohne daran zu verzweifeln. Sue hätte gelacht über einen solchen Satz. Sie war die Künstlerin, die sich selbst treu geblieben war, und ich künstelte mich durchs Leben. Mit jedem Jahr, jedem Aufstieg auf der sozialen Leiter entfremdete man sich mehr. Man zimmerte sich eine Rolle zurecht, hörte sich an, was das Publikum um einen herum erwartete, und versuchte schließlich nur noch dieser Rolle gerecht zu werden. Wie jämmerliche Schauspieler, die ohne

Applaus nicht mehr leben konnten. Dabei mußte es das höchste aller Gefühle sein, oben auf der Bühne zu stehen, ganz sich selbst, sich zu behaupten in der Eiseskälte, wenn das Publikum schwieg oder gar Buhrufe ertönten. Sue hatte es versucht, und ich hatte es unterlassen, ihr zu applaudieren, weil ihr Versuch mich beunruhigte. Wie die meisten meiner Kollegen konnte ich mir ein Leben ohne Netz nicht mehr vorstellen. Regelmäßiges Einkommen, regelmäßige Kopfschmerzen, teurer Whisky und kein Hotel mehr ohne vier Sterne. Lebensqualität im Kreditkartenformat.

Ich war umgeben von Idioten, die alle insgeheim wußten, daß sie von Idioten umgeben waren. So etwas nannte sich Teamgeist. Da war Romy, die jede ihrer Reportagen mit Zitaten begann. «Beim ersten Mal war ich so nervös, daß ich Magenkrämpfe kriegte, als er in mich eindrang», sagt Melanie (20). «Mein erster Bruch wäre beinahe schiefgelaufen», sagt René (43), Hilfsarbeiter und Einbrecher. «Ich weiß zwar, daß ich Mist schreibe, aber die Leute lesen ihn gerne», sagt Romy (34). Romy erzählte mir im Bett, daß sie vor Jahren nach Afrika geflogen sei, nur weil sie mit einem Neger ins Bett wollte. Romy sagte natürlich nicht Neger, aber ich erinnere mich nicht mehr daran, ob sie Schwarzer sagte oder Afrikaner, und ich weiß auch nicht mehr, ob sie tatsächlich mit einem schlief oder politisch korrekt zu einem Psychoanalytiker ging. Romy und Carla waren beste Freundinnen. Carla wollte die Schweiz vor dem Faschismus retten, deshalb schrieb sie in der Zeitung über rechtsradikale Tendenzen und warnte an jeder Redaktionssitzung eindringlich davor, das Rechtspotential in der Schweiz nicht zu unterschätzen. Wenn ein paar dußlige

Rentner, Taxifahrer und Fahrlehrer für eine Rechtsaußenpartei in den Gemeinderat gewählt wurden, wußte Carla, daß in der Weimarer Republik das Verhängnis genau so begonnen hatte. Wenn die dußligen Rentner vier Jahre später durch nicht weniger dußlige Kranführer, Hauswarte und Kioskbesitzer abgelöst wurden, war der Weg nicht mehr weit bis zu Konzentrationslagern, in denen dußlige Kioskbesitzer engagierte Journalistinnen mit Männermagazinen folterten. Natürlich war man bei der Zeitung strikte gegen Rassismus, auch wenn sich Carla und andere Frauen fürchterlich aufregen konnten über die debilen Ausländer, die sie anmachten wie im Mittelalter.

Marcel, der in der Kulturredaktion arbeitete, mußte sich jedesmal, wenn er seine Eltern besuchte, Tiraden gegen Jugos, Albaner, Neger und Schlitzaugen anhören und versuchte dies mit den Entbehrungen zu erklären, die seine Eltern in jungen Jahren hatten hinnehmen müssen. Als ich einmal den Vorschlag machte, Verhaltenspsychologen darüber zu befragen, wie groß der Ausländeranteil in einem Wohnkreis oder einem Haus sein durfte, ohne daß es zu übermäßigen Spannungen führte, erntete ich eisiges Schweigen. Das animierte mich fortzufahren, und ich zitierte aus frei erfundenen Untersuchungen im Tierreich, bei denen angeblich nachgewiesen worden sei, daß das Eindringen einer fremden Population bis zu einem gewissen Maß geduldet werde, wenn jedoch die kritische Masse erreicht sei, kippe die Toleranz zuerst in ängstliche Verteidigung und danach in blanken Haß. «Wir sind doch keine Tiere», schrie Sebastian C. Müller, der an den Sitzungen jeweils durch säuerlichen Körpergeruch auffiel.

«Man müsste einmal etwas über alte Menschen machen, die problemlos in einem Haus mit lauter Ausländern leben.» Carla hatte sich wieder durchgesetzt, und zusammen mit Romy schrieb sie eine zweiseitige Reportage. «Die Leute grüßen mich immer sehr nett», sagt Frau Bucheli (86).

Es störte mich immer mehr, daß den emotionalen Parolen von Politikern nur noch emotionale Artikel von Journalisten entgegengestellt wurden. Keine Ursachenforschung, keine wirklichen Analysen mehr. Ich verstummte langsam, und wie bei allen anderen, die verstummt waren, wurde es kaum zur Kenntnis genommen. Abgebrüht nannte man das bei der Zeitung.

Sue hatte zweifellos versucht, mit ihren Fotos der Wahrheit näherzukommen, während ich mich als Journalist immer mehr von der Wahrheit entfernt hatte. Ich stellte fest, daß meine Kolleginnen und Kollegen fast nur noch über Dinge schrieben, zu denen sie bereits eine festgefügte Meinung hatten. Die tatsächlichen Ereignisse wurden zur bloßen Kulisse, die porträtierten Menschen zu Komparsen in einem Stück, dessen Titel und Zeilenlänge schon lange feststanden. An einem lauen Sommerabend stritt ich mich drei Stunden lang mit einem Kulturjournalisten, der seit Menschengedenken in der Zeitung über Theaterpremieren schrieb. Ich war der Meinung, daß man gewisse journalistische Tätigkeiten nur während einer bestimmten Zeit ausüben sollte. Bundeshausjournalismus zum Beispiel, da die Nähe zur Macht immer verhängnisvoll war. Aber auch Kulturjournalisten müssten alle fünf Jahre ausgetauscht werden. Sue hätte mir sicherlich beigepflichtet. Der Theaterkritiker wand sich, argumentierte und schrie, bis ich genug hatte und einfach wegging. Und natürlich hatte er recht gehabt mit seinen Ausflüchten, seinen schlagfertig vorgetragenen Argumenten. Weshalb sollte er weggehen und ich bleiben? Erst die in Aussicht gestellte Beförderung rüttelte mich auf. Sue hätte meine Kündigung gefallen.

Insekten schwirrten um meinen Kopf. Die Flasche Tyrconnell war nur noch zu einem Drittel voll, ich trank mehr als drei Gläser, obwohl ich mir vorgenommen hatte, mit diesem Whiskey sparsam umzugehen. Der Tyrconnell war der irischste aller Whiskeys. Er schrieb sich mit *e* wie fast alle Iren, mit Ausnahme von Paddy und ein paar weniger bekannten Blends. Wer an Irland und Malt dachte, landete bei Bushmills, weil kaum jemand wußte, daß es mit dem Tyrconnell einen anderen irischen Malt gab, der einzigartig war in seinem Geschmack. Wer einmal durch die karge irische Landschaft gereist, in einem Wagen über die holprigen Straßen gefahren war, der wurde mit jedem Tropfen Tyrconnell zurück auf die Reise geschickt. Der Tyrconnell war wie ein Ritt einer steilen Küste entlang, weit unten die Meeresbrandung und feine Regentropfen, die im Gegenlicht der Sonne bunt schimmerten. Der Tyrconnell war auch eine Erinnerung an Sue, ich trank ein Glas an jenem Abend, bevor ich in die Bar ging und Conny und Sue traf. Sues nervöses Augenzucken vermischte sich mit Andreas klarem Blick. Andrea wäre nie in der Bar aufgetaucht, und sie hätte sich nie auf ein Abenteuer eingelassen. «Ich kann leider nicht mit dir ins Bett, weil ich morgen ein Treffen mit der Schulbehörde habe», sagt Andrea (34), Lehrerin. Bei der

Zeitung galt es als schick, entweder sehr viel oder überhaupt nicht zu trinken. Es galt auch als schick, entweder sehr viel oder überhaupt nicht zu reden. Weil alle in ihrem eigenen Mittelmaß beinahe ersoffen, sehnten sie sich nach Extremen. Einmal arbeitete ein Junkie ein paar Wochen lang auf der Redaktion. Er wurde umgarnt und gehegt wie ein Findelkind, und alle wollten teilhaben an seiner Sucht. Der Junkie schrieb unsägliche Gedichte, die Patricia Schneider unheimlich authentisch fand. Patricia die Literaturkritikerin. Stöckelte in hohen Absätzen durch die Gänge und entdeckte alle zwei Monate ein neues literarisches Talent. Der Junkie erschien eines Tages nicht mehr und war schnell vergessen. Eines seiner Gedichte hing noch wochenlang am schwarzen Brett, ehe es durch eine Anzeige von Conny abgelöst wurde, die einen Abnehmer für ihr BMW-Cabrio suchte.

Der Whiskey bewirkte, daß Gesprächsfetzen in meinem Kopf auftauchten, Stimmen, glasklar, bis hin zur Betonung. Doch die Stimmen sagten Dinge, die ich noch nie von den dazugehörigen Personen gehört hatte. Es waren Gespräche, die in meinem Kopf entstanden, unnütze, absurde Gespräche, manchmal nur Worte. Ich hörte Carla sagen: «Das geht daneben», und ich war mir gleichzeitig sicher, daß Carla nie so etwas sagen würde. Diese Wirkung des Alkohols hatte mich schon immer fasziniert. Bei einem Joint erging es mir manchmal ähnlich, doch die Gespräche, die ich dann sah und hörte, waren realer, es schienen mir Erinnerungen zu sein, während der Alkohol völlig neue Gespräche zustande kommen ließ. Trinken war ein langsames Wegdriften in eine andere Welt. Keine bessere Welt, wahrscheinlich sogar eine miesere, auf die Dauer. Der eigentliche Genuß war für mich die Langsamkeit des Übergangs. Deshalb trank ich Whisky und kein Bier oder Wein. Ich nippte mich in diese andere Welt. Im Kino hatte ich einen Film gesehen, in dem ein Alkoholiker gleich nach dem Wachwerden ein randvoll gefülltes Glas Bourbon trank wie klares Wasser. Seit meinem ersten Glas hatte ich Bedenken, eines Tages Alkoholiker zu werden. Ich legte deshalb ganz bewußt Pausen ein. Als ich bei der Zeitung arbeitete, verordnete ich mir zwei Tage ohne Alkohol in der Woche. Kein Glas Whisky, nichts. Ich hatte nie Probleme damit. Doch an dem Abend auf dem Balkon kam mir diese Zurückhaltung absurd vor. Mir wurde klar, daß ich mich gehenlassen mußte, um Sue und ihrem Geheimnis näherzukommen. Sue war es, die mich angerufen hatte, Sue war es, die mich weglockte aus meinem bisherigen Leben. Ich mußte ihr folgen, mußte mich hingeben, um endlich der Wahrheit näherzukommen. Ich mußte zu Sue werden, mich in ihren Gedanken heimisch fühlen wie in meinen eigenen. Nur so konnte ich das Rätsel um ihren Anruf und das Rätsel um ihren Tod lösen. Ich wollte den Mörder hinter mir spüren, ich wollte den Mörder atmen, um endlich begreifen zu können.

13 Suntory

Sue setzt sich an den Tisch neben dem Aquarium, in dem kleine bunte Fische schwimmen. Sie ist nicht zum erstenmal in dem japanischen Restaurant. Die Speisekarte ist riesig, das Angebot reicht von Sushi über eine Vielzahl von Nudelgerichten bis zu Fleisch und seltsamen Nachspeisen. Sue bestellt sich Sushi, acht Häppchen, dazu eine Suppe und grünen Tee. Japanisch zu essen ist ein Luxus, nicht so wie in New York, wo sie erstmals Sushi gegessen hat, für weniger als zehn Dollar, während sie in Zürich über dreißig Franken bezahlt. Sue hat mit zwei Auftragsarbeiten gutes Geld verdient und sich eine Lederjacke gekauft. Das restliche Geld reicht für drei Monate. Sie überlegt sich, nach New York zu fliegen und dort Mirjam zu besuchen, eine Malerin, die sie in Zürich an einem Verlagsessen kennengelernt hat. Mirjam lebt in Brooklyn, in der Gegend des Park Slope, neben Brooklyn Heights die nobelste Adresse dieses New Yorker Borrows, beliebt bei Künstlern und Lesben. Sue fliegt nicht gerne, längere Reisen in Europa macht sie in ihrem Wagen. Während die japanische Bedienung, die wie eine Koreanerin aussieht und vermutlich Chinesin ist, sich mit einer dicken Frau unterhält, schaut Sue auf das Aquarium, oder sie schaut zum Ausgang, oder sie liest in einem Buch. Sue hat oft ein Buch dabei, wenn sie essen geht. Es überbrückt die Minuten zwischen der Bestellung und dem Servieren, und es hindert gutgelaunte Männer daran, sie anzusprechen. Sue ißt gerne allein. Sagt sie. Sue genießt es, andere Leute zu beobachten. Sagt Andrea. Das Sushi ist farbenfroh.

Ich war unentschlossen, ob ich mit den Stäbchen essen oder Besteck verlangen sollte. Ich konnte problemlos mit Stäbchen essen. Doch ich war jetzt Sue und wußte nicht, womit Sue Sushi aß. Eine Woche hatte ich damit zugebracht, Sues letzten Tag zu recherchieren. Ich sprach mit unzähligen Leuten und stellte erstaunt fest, daß Sue an ihrem letzten Tag sehr vieles getan hatte, was von irgendwem bezeugt werden konnte. Ich sprach noch einmal mit Andrea, diesmal als Journalist. Meine Fragen hatte ich mir zurechtgelegt, und Andrea fühlte sich wohl in der Rolle der Interviewten. Wenn Nähe sprachlos machte, mußte man auf Distanz gehen. Sie gab mir Namen und Adressen von Menschen, die Sue gekannt hatten. Und ich traf Remo Walker, einen freien Journalisten mit gutem Draht zur Polizei. Mit jedem Gespräch, jeder Notiz verdichtete sich der letzte Tag in Sues Leben zu einer Abfolge von Ereignissen. Nur der Vormittag blieb leer. Sue stand meist früh auf, weil sie wegen ihrer Schlaflosigkeit das Bett haßte. Sie las Zeitung, schaute sich im Fernsehen Talkshows an oder hörte Musik. Der Vormittag war die Zeit, in der Sue die Post erledigte, bei Redaktionen anrief und ihr Archiv ordnete. Jahrelang hatte sie ihre Fotos in Schachteln verstaut und diese nur rudimentär beschriftet. Als ihr ein Bekannter einen gebrauchten Computer schenkte, begann Sue ihre Bilder und Negative neu zu ordnen und sie in einer Datenbank zu erfassen. Eine aufwendige Arbeit, die sich aber lohnte, weil Sue alle ihre Arbeiten durchsehen mußte und dabei auf Fotos stieß, die sie längst vergessen hatte, die aber so gut waren, daß sie sie Agenturen anbot und auch einige davon verkaufte. Sie hatte vermutlich auch an jenem Vormittag Fotos archiviert. Sie rief den Art-director einer Werbeagentur an, der für eine Broschüre Fotos von Straßenbahnschienen benötigte. Sue sagte ihm, daß sie keine Zeit habe. Sie war freundlich, aber kurz angebunden. Um elf ging Sue einkaufen. Keine Zeugen, aber sie ging regelmäßig um diese Zeit einkaufen, weil dann all die Hausfrauen bereits am Kochen waren und die Berufsleute, die über Mittag die Kassen mit ihren Joghurts und Äpfeln verstopften, arbeiteten. Ein ganz gewöhnlicher Vormittag. Erst um zwei verließ Sue die Wohnung, um Sushi essen zu gehen. Man kannte sie in dem japanischen Restaurant, Sue aß ein- bis zweimal im Monat dort, kam ab und zu am Nachmittag vorbei und trank grünen Tee.

Woran dachte Sue, als sie den letzten Schluck Tee trank? Wie ein Ethnologe, der sich in einen fremden Stamm hineinfühlte, versuchte ich in Sues Kopf einzudringen. Bei all meinen Recherchen fiel mir auf, wie wenig die anderen über Sue wußten, obwohl sie sie weitaus besser zu kennen schienen, als ich es tat. Ich erfuhr einiges über die Art, wie Sue sich bewegte, die nervöse Augenpartie, die ich kannte, ihre Vorliebe für eine bestimmte Jeansmarke und ihre Rauchgewohnheiten, die seltsam waren. Sie rauchte an manchen Tagen nur zwei, drei Zigaretten, an anderen, ohne ersichtlichen Grund, ein bis zwei Päckchen. Kein äußerer Streß schien Auslöser zu sein, keine ersichtlichen Stimmungsschwankungen, die Zigaretten waren Ausdruck einer inneren Anspannung, die sie gegen außen vertuschte. Ich erfuhr von ihrem Tick, jedesmal, bevor sie sich von einem Stuhl erhob, einen Blick in ihre Handtasche zu werfen. Was aber sagten solche Dinge über einen Menschen aus? Ließ sich anhand von Beobachtungen ein Profil erstellen, das der beobachteten Person auch nur annähernd entsprach? Dienten nicht alle unsere nach außen gerichteten Merkmale der Vertuschung? Die Anpassungsfähigkeit war es, die uns undurchschaubar machte, jeden von uns. Wir lernten uns in bestimmten Situationen richtig zu verhalten, doch dieser Lernprozeß war nicht freiwillig, er diente lediglich dazu, Gemeinsamkeiten herzustellen. Wer sich um eine Stelle bewarb, wußte genau, wie er sich zu verhalten hatte. Er kannte die Sätze, die gerne gehört werden, er wußte, worauf es ankam. Groteskerweise wurde bei vielen Bewerbern nur noch deren schauspielerisches Talent gewürdigt, was aber durchaus Sinn machte, war doch in verschiedenen Gewerben, etwa bei Banken, klares Rollenverhalten vorgegeben, das alle Mitarbeiter zu erfüllen hatten. Bei der Zeitung war ich einige Male in Vorstellungsgespräche involviert. Mir fiel die Aufgabe zu, mit seltsamen, scheinbar zusammenhanglosen Fragen, das Ritual zu torpedieren und die Bewerber unvorbereitet reagieren zu lassen. Wie die Bewerber auf diese Verunsicherung reagierten, sagte schon mehr aus als all die druckreifen Sätze, die sie sich zurechtgelegt hatten. Erst im Unvorhergesehenen wurden wir wieder zurückgeworfen auf unser Wesen. Im Unvorhergesehenen und im Spiel. Ich schlug vor, mit Bewerbern Monopoly zu spielen oder sie am Fußballkasten zusammen mit einem Anfänger gegen zwei Könner spielen zu lassen oder sie geschickt zu provozieren, doch all dies wurde als albern abqualifiziert. Man befragte die Bewerber nach journalistischen Kriterien, fragte sie nach ihrer Teamfähigkeit und ließ sich von optimistischen Schwätzern die Ohren vollquatschen, während man skeptisch reagierte, wenn jemand zurückhaltend und leise war.

Ich konnte versuchen, wie Sue zu gehen, wie Sue zu rauchen, ihren Sprechrhythmus zu imitieren, die Teetasse wie Sue mit der Hand zu umfassen, doch es würde immer nur eine Imitation bleiben, ich in der Rolle einer anderen, und dies würde mich von Sue entfernen, denn Sue spielte keine andere, Sue war sich selber, so gut es ging. Eine Annäherung war nur möglich, indem ich zu einem Seelenverwandten von Sue wurde. Ich war es, der jetzt in dem japanischen Restaurant saß, ich war es, der Sushi aß, und ich war es, der die Rechnung bezahlte. Die Kündigung bei der Zeitung hatte mich Sue nähergebracht als alles andere. Die leise Verunsicherung, die hinter dem Gefühl der Befreiung lauerte, war Sues Gefühlen näher als jeder Versuch, ihre Gefühle zu erraten. Ich hatte mich befreit und war deshalb wieder angreifbar geworden wie ein Tier, das sich von seinem Rudel entfernt hatte. Ich war mir jetzt sicher, daß ich an diesem Tag ähnliches fühlte und dachte wie Sue an ihrem letzten Tag. Als Journalist hätte ich mich verformt, mich unwillkürlich meiner Umgebung angepaßt und mich so verhalten, wie ich es als richtig empfunden hätte. Jetzt war ich nur ich selber, und deshalb nahm ich meine Umgebung anders wahr, vielleicht wie ein Todkranker, der brutal auf sich selbst zurückgeworfen wurde, vielleicht wie ein Verlassener, der den Verlust mit neuen Eindrücken ersetzen mußte, um nicht in der Leere zu verschwinden, die sich auftat wie ein Schlund.

Ich fragte die Bedienung nach japanischem Whisky und erhielt wenig später ein Glas Suntory. Japanischer Whisky war nichts Exotisches. An keinem anderen Ort dieser Welt wurden solch enorme Mengen eines einzigen Whiskys produziert wie in Yamazaki, wo der Suntory herkam. Sue hätte sich nie in einem japanischen Restaurant einen Whisky bestellt. Vermutlich hatte sie sich auch sonst nie Whisky bestellt. Ich erfuhr, daß Sue nach dem Essen oft bis zu einer Stunde sitzenblieb, im mitgebrachten Buch las oder, wenn wenig andere Gäste im Lokal waren, sich einfach nur umschaute, aus dem Fenster, auf die anderen Tische, an die Decke. Ihr Blick wanderte ruhelos wie eine Kamera, die auf kaum spürbare Erschütterungen reagierte, kleinste Veränderungen des Lichtes wahrnahm. Ich blieb ebenfalls sitzen, trank den Whisky in kleinen Schlucken und bemerkte erfreut, wie der Alkohol die Gedanken glättete, ihnen alles Vorsätzliche nahm. Mit jedem Tag, an dem ich mich von meinem früheren Leben entfernte, hatte es der Alkohol leichter. Diente er früher dazu, zuerst einmal die Alltagsrolle wegzuspülen, damit das Ich sich langsam wieder befreien konnte, so umspülte er jetzt das Bewußtsein wie ein warmer Fluß. Nicht Trost war es, was die meisten Menschen im Alkohol suchten, sondern die verschütteten Reste ihres Ichs. Die Verzweiflung, die mit dieser Suche einherging, konnte ich gut nachvollziehen, denn auch ich hatte mit einiger Erschütterung feststellen müssen, wie wenig von dem noch übrig war, der ich einst zu sein glaubte. Doch wie ein überdüngter See, der sich erstaunlich rasch erholte, wenn er mit Sauerstoff versorgt wurde, rappelte sich in mir drin mein Ich hoch, und ich nahm mich bereits wieder als Einheit war, als einer, der nicht mehr länger sich selbst beim Handeln zuschaute.

Verachtete Sue die Leute, die sie durch die Fensterfront des japanischen Restaurants beobachtete? Menschen, die eifrig ihrer Rolle genügten, sich nicht mehr darum kümmerten, was in ihnen steckte und was sich Luft verschaffen wollte? Willfährige Marionetten, die für ein Quentchen Anerkennung Frohgelauntheit mimten. Oder war der Blick durch das Fenster ein Blick in das andere Leben, das feindliche vielleicht? Fühlte sich Sue geborgen im Bauch des japanischen Restaurants, beschützt vor den Versuchungen der Außenwelt? Für die meisten Menschen gab es keinen Grund, nach dem Essen sitzenzubleiben, wenn sie alleine waren. Auch ich verließ Restaurants sehr rasch, wurde unruhig, wenn der Kellner meine Winkzeichen nicht sah oder es lange dauerte, bis ich endlich den Kreditkartenbeleg unterzeichnen konnte. Lange Zeit hätte ich mir nichts Öderes vorstellen können, als alleine nach dem Essen sitzenzubleiben. Ich hätte mir vielleicht vorstellen können, eine Zeitung zu lesen, aber nicht einfach nur dazusitzen, so wie Sue es tat und so wie ich es an diesem Nachmittag tat. Sue hatte mich in das Restaurant geführt, Sue hatte mir beigebracht, mich ruhig umzuschauen, meinen Gedanken freien Lauf zu lassen. Doch diese Freiheit wurde immer wieder eingeschränkt von Bildern einer toten Sue, einer Leiche, die mich aufforderte, wachsam zu sein. Ich wußte, daß ich Sue folgen mußte, um mich gänzlich zu befreien. Nicht in den Tod, aber bis zu jenem unsichtbaren Rand, über den hinaus wir normalerweise nicht zu blicken wagen. Sue hatte sich als Künstlerin vorgewagt, sich vielleicht auch nur treiben lassen. Aber war es nicht das Sich-treiben-Lassen, vor dem wir uns schützten mit Terminen und Dienstplänen, bis uns die Augen zufielen und der Schädel dröhnte? Die Energie, die ich darauf verwandte, Sues letzten Tag nachzustellen, mußte so stark werden, daß sie den Mörder traf wie ein Blitzschlag, ihn zurück an den Tatort katapultierte, damit ich ihn sehen konnte, ihn das fragen konnte, was die tote Sue wie eine letzte Frage auf ihren Lippen trug. Ein Warum war zu wenig stark, zu wenig präzis. Es mußte eine andere Frage sein, eine letzte, endgültige Frage. Der Mörder, so dachte ich plötzlich, hatte Sue vielleicht beobachtet, war ihr gefolgt, hatte sie im japanischen Restaurant gesehen, möglicherweise sogar angesprochen. Ein Mann wie jener, der an der schmalen Bartheke saß und Soshumi aß.

Ich stelle mir vor, mich dem Mörder zu nähern, ihn anzusprechen. Hallo Mörder, weshalb haben Sie nicht die japanische Bedienung verfolgt, weshalb nicht einen anderen Gast? Und der Mörder dreht sich lächelnd zu mir und bietet mir eine Zigarette an. Er sagt: Sehen Sie, als Mörder kann ich mir nicht aussuchen, wen ich töten möchte. Ich sehe mich um und denke, all diese netten Menschen könnte ich töten, doch ich töte sie nicht. Und während ich das denke, hat sich mein Körper bereits in Bewegung gesetzt, und ich folge jemandem, und ich weiß, dies ist mein Opfer. Ich frage den Mörder, weshalb er sich nicht ablenken ließ, weshalb er Stunden damit zubrachte, vor Sues Wohnung zu warten, und der Mörder lächelt und sagt: Sie irren sich, ich habe nicht auf Sue gewartet. Ich bin ihr gefolgt, aber nicht sehr lange. Mein Verlangen zu töten ist wie ein Hunger, der manchmal von alleine wieder schwindet. Ich blieb einfach stehen und ging danach wieder zurück. Doch am Abend, da traf ich ganz zufällig wieder auf Sue, und das Verlangen war diesmal größer und beständiger. Der Mörder entschuldigt sich bei mir, weil er zur Arbeit muß. Er legt der Bedienung ein großzügiges Trinkgeld auf die Bartheke, und er reicht mir die Hand zum Abschied. Hat mich gefreut, Sie kennenzulernen, und denken Sie nicht zu schlecht über mich, ich bin nämlich nur während ein paar Stunden in meinem Leben ein Mörder. Verfluchen wir die Erde, nur weil sie ab und zu an bestimmten Stellen bebt und Leben tötet? Ich freue mich über den Vergleich, er zeigt, daß der Mörder kein Dummkopf ist. Erst als die Tür des Restaurants langsam wieder zugeht, wird mir bewußt, daß der Mörder kein Gesicht hat, obwohl ich mir sicher bin, ihn jederzeit wieder erkennen zu können.

Sue hatte das Restaurant alleine verlassen. Zwei Zeugen konnten dies bestätigen. Eine milde Nachmittagssonne wärmte mein Gesicht, als ich Sue aus dem Restaurant folgte.

14 Maker's Mark

Im Verlauf des Nachmittags kehrte Sue in ihre Wohnung zurück. Über den Zeitpunkt gab es widersprüchliche Aussagen. Eine Nachbarin wollte Sue kurz vor vier im Treppenhaus gesehen haben, eine Bekannte wollte Sue um diese Zeit in der Stadt gesehen haben, am Goldbrunnenplatz. Die Bekannte meldete sich zwei Tage nach dem Mord bei der Polizei, denn sie hatte Sue in Begleitung eines Mannes gesehen, den sie nicht kannte. Dieser Mann wurde von der Polizei als Zeuge gesucht, doch er meldete sich nicht. Die Bekannte gab zu Protokoll, daß sie Sue in Begleitung eines Mannes gesehen habe, ein großer Mann, mindestens einen Kopf größer als Sue. Er trug einen eleganten Anzug und eine Sonnenbrille. Sue habe sich mit dem Mann unterhalten. Ihr war nicht aufgefallen, daß sie sich stritten, auch sah sie keine Berührungen, die auf eine innigere Beziehung der beiden schließen ließen. Sue und der fremde Mann überquerten die Tramstation am Goldbrunnenplatz und gingen danach in Richtung Triemli weiter. Die Bekannte stand mit ihrem Wagen in entgegengesetzter Richtung vor einer roten Ampel. Die Ermittlungen der Polizei ergaben, daß es in Sues persönlichem Umfeld keinen Mann gab, auf den die Beschreibung paßte, was mich erstaunte, denn ein großgewachsener Mann, der bevorzugt elegante Anzüge trug, schien mir keineswegs exotisch zu sein. Ich persönlich kannte mindestens drei Männer, auf die diese Beschreibung paßte.

Den Großgewachsenen stellte ich mir als einen der Männer vor, mit denen Sue eine Nacht verbracht hatte. Sie waren sich zufällig begegnet, als Sue ihren Wagen parkierte. In der Nähe des Goldbrunnenplatzes gab es eine Boutique, die Secondhandkleider im Sortiment hatte. Sue hatte in der Boutique ab und zu Kleider gekauft, die Verkäuferin kannte Sue und rief sie an, wenn sie glaubte, daß ein neu eingetroffenes Teil Sue gefallen könnte. Dies war seit Wochen nicht der Fall gewesen. Sue war deshalb vermutlich aus eigenem Antrieb an den Goldbrunnenplatz gefahren. Sie hatte Geld und Zeit und vielleicht auch Lust, neue Kleider anzuprobieren.

Sue parkt ihren Wagen, und der Großgewachsene spricht sie an. Was für ein Zufall, ich dachte schon, wir sehen uns nie wieder. Sue ist ein wenig peinlich berührt, lächelt aber gutmütig und schaut dabei auf die Uhr, um Eile zu signalisieren. Der Großgewachsene bleibt stehen und wartet, bis Sue die Parkuhr gefüttert hat. Er sagt, daß er ganz in der Nähe arbeitet. Sue wird die Situation immer peinlicher, weil sie weder weiß, was er arbeitet, noch wie er heißt. Sie versucht sich an seinen Namen zu erinnern und redet über das Wetter, den Verkehr oder die Boutique, in der sie sich umschauen möchte. Während sie den Goldbrunnenplatz überqueren, fragt Sue den Großgewachsenen, in welche Richtung er weiter muß. Er zeigt in Richtung Triemli und sagt, daß er etwas einkaufen müsse. Sue verabschiedet sich von ihm auf der Höhe der Boutique und ist froh, ihn losgeworden zu sein.

Ein Tram fuhr ein, und der Tramführer mußte voll auf die Bremse treten, weil ein alter Mann gemächlich die Schienen überquerte, ohne sich umzuschauen. Wieder berührte mich die Emsigkeit der Passanten unangenehm. Ich versuchte, Sue in den Bildhintergrund zu projizieren, doch anstelle von Sue tauchten andere Frauen auf, die Nervosität der Szenerie machte es mir beinahe unmöglich, mich zu konzentrieren. Ich schloß einen Moment die Augen und öffnete sie langsam wieder. Sue war nicht in der Boutique gesehen worden. Die Verkäuferin sagte der Polizei, daß sie Sue seit über drei Wochen nicht gesehen habe. Kein Abschied auf Höhe der Boutique.

Sue ist immer noch mit dem Großgewachsenen zusammen. Hast du Zeit für einen Kaffee? Er lächelt, und mir wird klar, daß er keiner von Sues Geliebten ist. Sie kennen sich nur flüchtig, sind sich sympathisch, deshalb macht es Sue nichts aus, daß er neben ihr geht, mit ihr spricht wie mit einer guten Bekannten. Sue läßt sich ablenken, sie denkt, die Boutique kann warten. Der Mann heißt Stefan oder Mario. Mario leuchtet mir sofort ein, der Name paßt zu ihm. Mario ist Hobbyfotograf. Er und Sue haben sich in einem Fotogeschäft kennengelernt. Sue gab ihm einige Tips, und Mario revanchierte sich mit einer Flasche Wein, die er Sue nur zustellen konnte, indem er den Verkäufer ausfragte, weil er davon ausging, daß Sue Stammkundin war in dem Laden. Mario ist schwul und arbeitet bei einer Bank. Das hat Sue sofort fasziniert. Ein Banker, der schwul ist und fotografiert, zwei Dinge, die ihn verletzlich machen, denkt Sue, die sich Banker als stromlinienförmige Vehikel mit geringer Knautschzone vorstellt. Teure BMWs und trotzdem Massenware.

«Beim Fotografieren sehe ich die Welt und die Menschen aus einer anderen Perspektive.»

Mario mag solche Sätze, anfänglich hat er sie als Zitate aus Fotozeitschriften geklaut, seit einiger Zeit fallen sie ihm ganz von alleine ein. Mario erzählt Sue ganz ungeniert von seinem Schwulsein, schließlich ist Sue so etwas wie eine Künstlerin, möglicherweise sogar lesbisch, auf jeden Fall aber vertraut mit Schwulen und als Künstlerin sowieso darauf erpicht, hinter die Fassaden der Wohlanständigkeit zu blicken. Sue interessiert es, wie ein Banker damit umgeht, anders zu sein in einer Welt, in der von der Krawattennadel bis zur Zahnfüllung alles normiert ist und jeder Jungbanker eine langbeinige Schönheit für repräsentative Zwecke heiratet. Nicht dumm darf sie sein, aber auch nicht zu intelligent, schön, aber nicht aufreizend geil, damit der Chef keinen Steifen kriegt, wenn er zu chinesischem Essen eingeladen wird. Mario erzählt Sue, daß nur seine engsten Mitarbeiter, die er gleichzeitig seine Freunde nennt, von seiner Veranlagung wissen. Andere ahnen es, doch weil er groß und schön ist, machen ihm Frauen schöne Augen, sind manchmal unzimperlich aufdringlich, geben ihm zu verstehen, daß sie unter dem engen Busineßkleid keinen Slip tragen, oder stellen sich im Fahrstuhl so nahe vor ihn hin, daß er ihren Arsch spürt und erstaunt feststellt, daß sich sein Schwanz einen Moment lang überlisten läßt, doch das ändert nichts daran, daß Mario schwul ist und Sue es genießt, neben einem Mann zu gehen, der ihr nichts anhaben kann. Mario erzählt vom Streß in der Bank, von den Entlassungen, von Selbstmorden und psychischen Zusammenbrüchen, und Sue denkt an ihre schlaflosen Nächte und stellt sich vor, bei der Bank zu arbeiten und jeden Morgen hundert Leute zu begrüßen und sich alle fünf Minuten ein Haar vom Kleid zu zupfen und alle drei Monate das Eau de toilette zu wechseln. Sue ist froh darüber, daß Mario ihr keine von ihm geknipsten Bilder zeigt und sie um ein Urteil bittet. Sues Urteil ist ungnädig, deshalb bettelt sie insgeheim darum, von niemandem gezwungen zu werden, ungnädig zu sein. Sie weiß, daß Mario nur zum Ausgleich fotografiert und deshalb nie verstehen wird, wie es in einem Menschen wie ihr aussieht, für die der Umgang mit der Kamera zur lebensrettenden Maßnahme geworden ist. Mario schaltet sein Handy aus und lächelt, weil er weiß, daß dies ein Vertrauensbeweis ist. Niemand stört uns jetzt, auch kein Milliardendeal, an dem ich mitverdienen könnte. Für dich lasse ich die Börse ohne mich haussieren, für dich gehe ich das Risiko ein, entlassen zu werden, auf der Stelle, wegen Unerreichbarkeit. Sue lacht und sagt, daß sie Mühe habe, so etwas wie einen geregelten Tagesablauf zu haben, sie lasse sich zu oft treiben. Mario sagt, daß er sich ohne elektronische Agenda hilflos fühlen würde, und er fragt Sue nach den Vorzügen eines neuen Films. Er benutzt Begriffe wie Asa und Blende, und Sue erzählt, daß ihre erste Kamera eine alte Leica gewesen sei, die sie von ihrem Onkel als Geschenk erhalten habe. Mario ist sofort begeistert, weil er ebenfalls eine alte Leica besitzt, als Wertanlage sozusagen, und Sue sagt, daß sie die Kamera weiterverschenkt habe vor vielen Jahren. Die beiden sitzen über eine Stunde zusammen, ohne daß sie jemand sieht, auch das Personal erinnert sich nicht an sie.

Es gelang mir nicht, das Restaurant oder Café zu lokalisieren. Ich betrat fünf verschiedene Lokale in der Umgebung des Goldbrunnenplatzes, streifte um die Tische herum, setzte mich, um gleich wieder aufzustehen, stand unschlüssig vor den Eingängen herum und wartete auf eine Vibration, einen Gedanken, ein Zeichen, irgend etwas, doch es geschah nichts, die Kette, die mich mit Sue verband, war entweder gerissen, oder ich hatte mich geirrt. Ich ging wieder zurück zur Tramhaltestelle.

Sue geht mit Mario, doch ihre Wege trennen sich, ohne daß sie etwas zusammen trinken. Sue geht weiter, an der Boutique vorbei, alleine, in Gedanken oder einfach nur im Rhythmus der Straße. Sie hat sich mit Mario für den Abend verabredet. Mario ist nicht schwul, arbeitet auch nicht bei der Bank und heißt auch nicht Mario. Sie hat ihn ein paar Nächte zuvor in einer Bar kennengelernt. Er war zusammen mit Freunden da, auch Frauen, jung und ausgelassen. Mario war der Mittelpunkt, doch das Wesentliche spielte sich an der Peripherie ab, da wo Sue stand, einen Drink in der Hand und schlaflose Augen auf Mario gerichtet. Es funkte, aber die Eckdaten stimmten nicht. Marios Freunde wollten an eine Party, sie zerrten ihn weg, ohne daß er Sue ansprechen konnte. Was für ein schöner Zufall, denkt er, als er Sue am Goldbrunnenplatz begegnet. Ich bin heute abend wieder in der Bar, diesmal ohne Freunde, sagt er, und Sue versteht sofort und denkt, warum nicht heute nacht. Jetzt muß ich leider gehen, die Arbeit, und Mario ist schon wieder weg, und Sue denkt, hoffentlich ist er im Bett etwas lockerer, und sie freut sich, daß sie den jungen Dingern diesen schönen Mann wegnehmen kann für eine Nacht. Beschwingt geht Sue weiter, freut sich auf die Nacht, was selten genug vorkommt, und überlegt sich, wie sie die Zeit bis dahin überbrücken soll. Sie geht um einen Häuserblock und landet wieder bei ihrem Wagen. Sie steigt ein, schnallt sich an und läßt den Wagen langsam aus dem Parkfeld rollen. Sue macht sich unsichtbar für einige Stunden. Keine Geschwindigkeitsübertretung, keine Bekannten, die ihren Wagen sehen oder ihr zuwinken.

Ihre Nachbarn konnten sich nicht daran erinnern, wann Sue nach Hause gekommen war an jenem Nachmittag. Um sechs aber stand ihr Wagen vor dem Haus, Frau Tobler hatte das beobachtet. Frau Tobler war gehbehindert und saß jeden Tag auf ihrem kleinen Balkon und löste Kreuzworträtsel. Um ihr Gedächtnis zu schulen, merkte sie sich die Zahlen auf den Nummernschildern parkierter Autos. Sah sie ein Auto näher kommen, das sie wiedererkannte, schloß sie kurz die Augen und rezitierte innerlich die Kennzahl. Sues Nummernschild konnte sich Frau Tobler leicht merken, weil nur drei verschiedene Zahlen darin vorkamen. Um sechs, sagte Frau Tobler, stand der Wagen auf dem Parkfeld. Kurz davor lief im Fernsehen jene Sendung, die sich Frau Tobler täglich anschaute. Drei Kandidaten, die abwechslungsweise ein Kreuzworträtsel lösten. Frau Tobler war fast immer besser als die Kandidaten, doch sie wäre nie auf die Idee gekommen, sich für die Sendung anzumelden. Um sechs war die Sendung vorbei und Frau Tobler voller Tatendrang. Sie ging auf den Balkon, weil sie Asthma hatte und trotz des Verkehrs auf dem Balkon besser atmen konnte als in der kleinen Wohnung. Sie löste ein Rätsel und schaute zwischendurch auf die Autos, die vorbeifuhren. Die Parkfelder waren fast alle besetzt, wie immer um diese Zeit. Es gelang Frau Tobler spielend, ein halbes Dutzend Kennzahlen still aufzusagen. Frau Tobler ärgerte sich darüber, daß Sue ihren Wagen nicht gut pflegte. Er war schmutzig, und im Wageninnern sah es chaotisch aus. Frau Tobler wußte, daß Sue fotografierte, unzählige Male hatte sie gesehen, wie Sue die Spotlampen und den Reflektorschirm und die restliche Fotoausrüstung auslud oder einlud. Frau Tobler sagte der Polizei, daß sie an jenem Abend eine unheimliche Ahnung gehabt habe. Es habe ihr den Brustkorb zugeschnürt, als sie Sues Wagen sah, und für einmal habe sie Probleme gehabt mit Sues Nummernschild. Zwei Zahlen habe sie durcheinandergebracht, was sonst nie passiert sei, aber natürlich hätte sie nicht im schlimmsten Traum daran gedacht, daß Sue etwas zustoßen würde in jener Nacht. Obwohl – auch damals, als ihr zweitjüngster Sohn nicht von einer Bergtour zurückkam, habe sie diese Beklemmung im Brustkorb gespürt. Der Polizei war Frau Toblers Aussage nur ein paar Zeilen im Protokoll wert.

Bei meinen Gesprächen mit Leuten, die Sue kannten, fiel mir auf, daß außer Frau Tobler niemandem etwas aufgefallen war, das ungewöhnlich gewesen wäre, an jenem letzten Tag in Sues Leben. Keine Beklemmungen, kein Klingeln im Ohr, kein unerklärlicher Traum, keine Unruhe und auch keine Uhr, die plötzlich stehenblieb. Ich erinnerte mich an die Geschichte eines Onkels, dessen Frau einen Schlaganfall erlitt und starb, bevor der Onkel benachrichtigt werden konnte. Die Katze, die beim Onkel lebte, war minutenlang wie in Panik in der Wohnung herumgerannt, hatte gejammert und geklagt, war von Tür zu Tür gegangen und hatte sich benommen wie nie zuvor. Für den Onkel wurde dieses unerklärliche Verhalten der Katze mit der Nachricht vom Tod seiner Frau plausibel. Am nächsten Tag las ich dann in der Zeitung, daß in Norditalien die Erde gebebt hatte und Ausläufer des Bebens bis zu uns zu spüren gewesen waren. Die Katze hatte zweifellos die Vibrationen der Erde gespürt und war deshalb in Panik ausgebrochen. Ich erzählte meinem Onkel jedoch nichts davon, da diese Erklärung ihm vermutlich eine Illusion genommen hätte, die Illusion, daß der Tod seiner Frau wie ein Erdbeben gewirkt hatte, ein ganz privates Erdbeben, das nur die mit der Verstorbenen vertraute Katze spürte.

Sues Tod hatte kein Erdbeben ausgelöst und auch keiner ihrer Bekannten den Schlaf geraubt. Die Wellen, die ihr Tod verursachte, trafen erst spät auf einen lebenden Menschen, trafen auf mich, schüttelten mich aus der Bahn und sorgten gleichzeitig dafür, daß mein Körper vibrierte wie von kleinen Stromschlägen getroffen. Seit drei Tagen hatte ich keinen Schlaf mehr gefunden, war nur ab und zu eingenickt für ein paar Minuten, um gleich wieder aufzuschrecken und von einer inneren Unruhe getrieben durch die Wohnung zu tigern. Ich trank mehr Whiskey, schenkte Glas um Glas ein, besten Bourbon, schwer und wuchtig, doch ich wurde nicht betrunken, paradoxerweise glaubte ich, daß der Whiskey mich wachhielt, denn mit jedem Schluck wichen die Schmerzen aus meinen Gliedern, wurde die Müdigkeit aus den Adern geschwemmt und Sues

Gegenwart realer. Sie war jetzt in meinem Kopf wie der Code meiner Kreditkarte, abrufbereit, ich sah sie in Kleidern, von denen ich nicht einmal wußte, daß Sue sie trug. Sue war zu einer virtuellen Begleiterin geworden, und doch entfernte sie sich mit jeder Minute, Arm in Arm mit dem Tod, ein letztes Winken mit der Hand und auf ihrem Gesicht die Genugtuung, mich erreicht zu haben, zu spät vielleicht, aber immerhin erreicht. Ich erledigte mechanisch mein Tagewerk, öffnete den Briefkasten, legte die Post auf einen Stapel, ohne sie durchzusehen, reagierte nicht auf das Klingeln des Telefons, schaltete den Anrufbeantworter ab, da mir jede Stimme wie eine Störung vorkam, die mich ablenkte von meiner Aufgabe.

15 Rosebank

Um sechs stand mein Wagen auf dem Parkfeld, und wie ein Reisender, der erstmals den Eiffelturm besucht, den er zuvor schon unzählige Male auf Bildern und im Fernsehen gesehen hat, saß ich im Wagen und schaute hinüber zu dem kleinen Balkon, auf dem Frau Tobler saß wie eine Sehenswürdigkeit.

Sue ist oben in ihrer Wohnung. Sie ist jetzt in der Küche und ißt ein Stück Brot und etwas Käse, dazu trinkt sie ein Glas Rotwein. Vom Parkfeld aus kann ich nicht zu Sues Wohnung hochschauen, doch das ist nicht wichtig, denn Sue ist oben und möchte nicht gestört werden. Sie raucht eine Zigarette, während sie den restlichen Käse in den Kühlschrank legt, den Laib Brot in Papier einwickelt und den Korken in die Flasche steckt. Sie stellt die Flasche ebenfalls in den Kühlschrank, obwohl es Rotwein ist. Sue ist einige Monate durch Brasilien gereist und hat dort diese Angewohnheit angenommen, da ihr in Brasilien oft Rotwein mit Eiswürfeln serviert wurde. Wenn sie Besuch hat, öffnet sie eine der Flaschen, die im Regal stehen, weil sie keine Lust hat, den entsetzten Blicken eine Rechtfertigung zu offerieren. Sue hat selten Gäste. Sie verschanzt sich gerne in ihrer Wohnung, verabredet sich meist in einer Pizzeria gleich um die Ecke, nur Männer, mit denen sie schläft, nimmt sie mit nach Hause, weil sie sich nicht wohl fühlt in fremden Betten, die manchmal nach anderen Frauen riechen oder nach Schweiß. Sie räumt ein wenig auf, verstaut Fotos, saugt den Fußboden, wechselt die Handtücher im Bad. Sie ist sich sicher, daß sie den großgewachsenen Mann mit nach Hause nehmen wird. Er ist jünger als die Männer, mit denen sie normalerweise schläft, junge Männer sind gut für das Selbstbewußtsein. Sue ist nicht eitel, aber sie ertappt sich seit einigen Monaten dabei, ihr Gesicht stärker einzucremen, als sie das früher getan hat. Schminke benutzt sie selten, sie ist nicht nötig, nachts in einer Bar, sie weiß, wie ihr Gesicht wirkt im Schein künstlichen Lichts. Die Sonne ist es, die ihre Haut altern läßt. Sie geht deshalb nicht mehr schwimmen und meidet Sonneneinstrahlung. Ihre Haut hat viele Pigmente und färbt sich deshalb rasch braun, es genügen ein paar Minuten jeden Tag, um sie wie eben aus den Ferien heimgekehrt wirken zu lassen. Sie beneidet die jungen Frauen um die Blässe, doch der Großgewachsene hat eines dieser blassen Mädchen kaum beachtet, obwohl sie eine tolle Figur gehabt hat mit großen Brüsten. Er hat sich immer wieder nach Sue umgeschaut, und Sue ist unsicher geworden, und sie ist jetzt auch unsicher, denn sie will sich nicht verlieben in den großgewachsenen Mann.

Eine Stunde vergeht, Sue schreibt auf ihrem Computer einen Brief an eine Krankenkasse, sie verlangt eine Offerte, will die Kasse wechseln, weil sie hofft, dort niedrigere Prämien zu bezahlen. Den Brief wirft Sue nicht ein, er wird später in ihrer Wohnung gefunden, auf dem Küchentisch.

Eine weitere Stunde vergeht. Sue trinkt noch ein Glas Rotwein, sie überlegt, ob es eine gute Idee war, sich mit dem großgewachsenen Mann zu verabreden. Sie sucht nach Ausflüchten, überlegt, ob sie an ihrem Archiv arbeiten soll. Doch die lange Nacht liegt wie eine Krankheit vor ihr. Sie greift zum Telefon und ruft Andrea an. Sue hätte Lust, ins Kino zu gehen, aber Andrea schlägt sofort den nächsten Abend vor, und Sue fragt nicht, was Andrea an diesem Abend vorhat, statt dessen spricht sie davon, einen Fotoband zusammenzustellen, und sie ärgert sich gleich wieder darüber, weil sie genau weiß, daß sie das Projekt nicht durchziehen wird. Andrea hört das gerne und erzählt ihrerseits von der Schule, nicht viel, denn Andrea ist am Kochen, italienisch, und jetzt ist sich Sue sicher, daß Andrea Besuch erwartet. Sie verabreden sich, und Sue sitzt mit dem Hörer in der Hand da und trinkt einen Schluck Rotwein und überlegt, wen sie jetzt noch anrufen könnte, und dann fällt ihr der Mann ein, mit dem sie vor ein paar Monaten geschlafen hat, oder waren seither schon Jahre vergangen? Weshalb fällt er ihr jetzt ein, und weshalb nimmt sie sich die Mühe, die Telefonnummer aus dem Telefonbuch herauszusuchen? Sue weiß darauf keine Antwort, und als sie die Stimme auf dem Anrufbeantworter hört, kommt ihr alles unwirklich vor, und nach dem Signalton lauscht sie in die Stille des Hörers und hängt schließlich ein. Es ist kurz vor neun Uhr, und Sue hält es nicht mehr aus in der Wohnung.

Sue hatte eine fotografische Vorliebe für Vorstadtsiedlungen und Industriegebiete. Von einem zweiwöchigen Aufenthalt in Manchester und Liverpool kam sie mit einem Koffer voll Fotos zurück. Ein paar davon erschienen in der Zeitung. Düstere Einblicke in eine zerfallende Welt. Spielende Kinder, umgeben von schmutzigen Tümpeln, ausrangierten Maschinen und Autowracks. Eines der Fotos zeigte ein dickes Kind, das in einen Hamburger biß. Das Kind posierte vor einem Turm aus gebrauchten Reifen, im Bildhintergrund stieg eine dunkle Rauchwolke in den Himmel. Ähnliche Fotos hatte Sue in den Außenbezirken von Neapel und Paris gemacht. Ein Mitarbeiter einer Fotoagentur, der Sue kannte und dem sie regelmäßig ihre Arbeiten zeigte, erzählte mir, daß die Menschen immer mehr aus Sues Bildern verschwanden. Während die düsteren Industriezonen Sue anfangs als Kulissen für Porträts dienten, wurden die Menschen mit den Jahren immer mehr an den Rand gedrängt, bis sie ganz verschwanden oder allenfalls noch als zufällig ins Bild gerückte Passanten von ihr abgelichtet wurden. Diese zunehmende Radikalität verhinderte, daß Sue regelmäßig Fotos an die Agentur verkaufen konnte. Die Zeitungen und Zeitschriften wollten Menschen zeigen, anrührende, packende, witzige, originelle Aufnahmen von Menschen. Atmosphärische Bilder waren vielleicht noch bei Kunstzeitschriften gefragt. Wer sich wie Sue von den Menschen abwandte und im Stahl und Beton nach der Wahrheit suchte, erhielt keine Aufträge, um grinsende Prominente zu fotografieren. People oder Leute. Seit ein paar Jahren geisterten die Worte durch alle Redaktionen. Sozusagen als Antwort auf die grassierenden Talk-Shows im Fernsehen. Bei der Zeitung wurde eigens eine neue Ressortstelle geschaffen, um täglich mehr People im Blatt zu haben. Das Niveau der Sportberichterstattung wurde sukzessive auf das ganze Blatt übertragen. Banale Reportagen und viele, viele nette Menschen, porträtiert von netten Menschen für nette Menschen. Sue mußte diese Entwicklung Brechreiz verursachen. Ich hatte Witze darüber gemacht und miterlebt, wie einst kritische Reporter plötzlich begannen, seichte Reportagen über Fernsehmoderatoren zu schreiben. Wahrscheinlich hätte ich in ein, zwei Jahren ebenfalls solchen Mist verfaßt und wäre stolz gewesen, so flexibel zu sein. Sue wußte, daß ihre Marktchancen immer geringer wurden, vielleicht wurde sie deshalb immer radikaler. Sie plante eine Fotoserie über Zürichs alte Industriezonen, ehe diese in neue Wohnquartiere umgezont wurden. Sue war nicht zufällig in jenem Industriegebiet unterwegs. Mehrere Personen wußten davon, daß Sue alte Fabrikgebäude fotografierte und dafür regelmäßig auch nachts unterwegs war. Eine Werbegrafikerin, die im gleichen Haus wohnte wie Sue, erzählte mir, daß sie Sue den Tip gegeben habe, sich einen Hund anzuschaffen, um nachts besser geschützt zu sein. Doch Sue schaffte sich keinen Hund an.

Mein Wagen stand um 21 Uhr auf jenem Parkfeld, auf dem Sue ihren Renault abgestellt hatte. Um diese Zeit mußte sie ihre Wohnung verlassen und den Wagen bestiegen haben. Dafür gab es keine Zeugen. Frau Tobler sah sich im Fernsehen einen Krimi an, und sonst war niemand da, der sich wegfahrende Autos merkte. Die Fotoausrüstung lag im Fond des Wagens, teils auf den Rücksitzen, teils am Boden unter den Sitzen. Es gab keine Anhaltspunkte dafür, daß Sue vorhatte, Fotos zu schießen, sie ließ oft Teile ihrer Ausrüstung im Wagen, unter einer Decke, damit sie potentiellen Dieben nicht gleich ins Auge stachen. Ihr Verhalten und ihre Bemerkungen Andrea gegenüber deuteten darauf hin, daß Sue auf Reko ging, was soviel hieß wie sich vorab umschauen, mögliche Bildausschnitte und Objekte beobachten, vielleicht auch, um herauszufinden, wieviel künstliches Licht sie brauchte. Sue hatte bei einer Firma, die Scheinwerfer vermietete, nach den Konditionen gefragt. Doch für zusätzliche Scheinwerfer hätte sie auch Strom benötigt, möglicherweise sogar Starkstrom. Vielleicht wollte sie in dieser Nacht herausfinden, wie gut sie die Szenerie ganz ohne zusätzliches Licht fotografieren konnte. Schwarzweiß mit hoher Auflösung. Die Straßen rund um das Industriegelände waren gut beleuchtet, doch von meinen Ausflügen in die Gegend wußte ich, daß sich die Industriebauten nachts wie dunkle Schatten erhoben, viel zu düster und mit zu wenig Kontrast für das Auge der Kamera. Ein Gespräch mit einem Fotografen, bei dem Sue ab und zu die Dunkelkammer benutzte, brachte mich einen entscheidenden Schritt weiter. Sue wollte das Industriegelände tagsüber so fotografieren, daß die Stimmung der Nacht in den Bildern rüberkam. Ein paradoxes Unterfangen, das jedoch typisch zu sein schien für Sue. Sie sog die nächtliche Stimmung auf, um sie tagsüber mit ihrer Kamera durch einen geeigneten Blickwinkel wiederzugeben. Wie ein Dichter, der mit Worten versucht eine Liebesnacht wieder lebendig zu machen. Der Fotograf glaubte zu wissen, daß Sue bereits in den Nächten vor ihrem Tod auf dem Areal gewesen war, sich stundenlang umgesehen hatte. Sie hatte diesbezüglich einmal eine Andeutung gemacht, was den Fotografen überraschte, da Sue sonst nie über ihre Arbeit sprach. Aber weshalb hatte niemand Sue auf dem Gelände gesehen? Kein Autofahrer, der sich daran erinnerte, eine attraktive Frau alleine in dieser unwirtlichen Gegend gesehen zu haben. Oder gab es doch jemanden, der Sue gesehen hatte, zufällig zuerst? In der folgenden Nacht dann nicht mehr zufällig, darauf aus, ihr wieder zu begegnen, angezogen von Sues Unerschrockenheit, ein Mörder, der noch nicht wußte, daß er zum Mörder wurde? Keine Zeugen, die einen Wagen sahen, dessen Fahrer sich im dunklen Fond versteckte. Keine Zeugen, die einen Wagen beobachteten, der langsam um das Gelände kurvte wie der Wagen eines Freiers auf der Suche nach einer Hure. Keine Zeugen, nur dunkle Nacht.

Sue saß in ihrem Wagen und fuhr zum Albisriederplatz. Hatte sie sich mit dem großgewachsenen Mann verabredet, oder folgte sie einem Instinkt? Mehrere Zeugen sahen um 22 Uhr beim Albisriederplatz unweit der Bushaltestelle, wie sich ein Mann und eine Frau stritten. Heftig, der Mann mit fremdländischem Akzent. Die Beschreibungen der Frau waren undeutlich, sie wurde als südländisch, aber auch als klein und pummelig beschrieben, nichts, was auf Sue zutraf. Ein Streit, den Sue vielleicht ebenfalls gesehen hatte. Ich sah mich um und zählte mindestens zwanzig Personen, die entweder aus dem vorbeifahrenden Tram oder aus PKWs Sues Parkplatz sehen konnten. An jenem Abend mußten es ebenfalls so viele gewesen sein. Dazu Passanten, Anwohner, die aus dem Fenster schauten, Gäste, die in den umliegenden Restaurants saßen. Sie alle hatten die Möglichkeit, Sue zu sehen, sie davon abzuhalten weiterzugehen. Doch wohin ging Sue? Ich war die Strecke zwischen dem Parkplatz und dem Tatort unzählige Male abgefahren und abgegangen, hatte mich in Bars umgehört, hatte im elektronischen Telefonverzeichnis die Namen aller Anwohner kontrolliert, um auf jemanden zu stoßen, den Sue vielleicht besuchen wollte. Ich fand heraus, daß Patrizia Oplitz in der Nähe wohnte, eine Journalistin, die ein halbes Jahr bei der Zeitung gearbeitet hatte und mit ihren kurzen Röcken selbst träg herumsitzende Altlinke scharfmachte. Alle waren darauf erpicht, ihr zu helfen, ihre hoffnungslos schlechten Texte ein wenig aufzumotzen. Schließlich hatte die Chefredaktion gerade beschlossen, daß wieder mehr Frauen für die Zeitung schreiben sollten, und so engagierte man lauter Frauen, bis selbst feministische Redakteurinnen den Kopf schüttelten über das Niveau der Neuen. Patrizia Oplitz sah irgendwann ein, daß ihre kurzen Röcke die miserablen Texte nicht mehr aufwogen. Sie kündigte und tauchte ein Jahr später als Moderatorin im Fernsehen auf. Der Zufall wollte es, daß nur ein paar Häuser weiter auch Jana Curti wohnte, eine schlaksige Rothaarige, die immer das gleiche Paar Jeans zu tragen schien. Jana hatte die Marotte, mitten in der Nacht zu rauchen, wenn sie aufwachte. Sie stand manchmal auch auf und schrieb eine Geschichte, an der sie eine Woche gearbeitet hatte, in drei Stunden vollständig um. Jana schrieb tolle Geschichten, die bei der Zeitung aber niemand abdrucken wollte, weil Jana eine Fäkalsprache pflegte, die man in New York sofort als Undergroundjournalismus gelobt hätte, in Zürich aber als primitiv abtat. Ich hatte mich vor drei Jahren in Jana verliebt und war mit ihr für eine Woche nach Rom gefahren, hielt es aber nur drei Tage mit ihr aus, weil sie beinahe ununterbrochen redete und dabei erwartete, daß ich ihr nicht nur zuhörte, sondern ihr auch noch applaudierte. Sie redete, wie sie schrieb. Ich fühlte mich wie in einem Film mit lauter schwarzen Darstellern, die in jeden Satz fünf Fucks einbauten und das unheimlich progressiv fanden. Damals dachte ich, daß Leute wie Jana, die toll schrieben, privat unerträglich sein mußten, und machte deshalb an Partys einen großen Bogen um all die begnadeten Journalistinnen. Ich hätte auch einen großen Bogen um Sue gemacht, wenn ich gewußt hätte, wie gut sie war als Fotografin. Als ich sie kennenlernte, meinte ich, in ihr eine dieser erfolglosen Freischaffenden zu erkennen, die man in vielen Bars antraf und die insgeheim auf einen Partner hofften, der ihr Talent förderte. Doch in den Bars trafen sie hauptsächlich auf Männer, die sich dazu berufen fühlten, Gedichte zu schreiben, und nach einer Frau suchten, die sie bedingungslos darin unterstützen und auch entsprechende Opfer bringen würde.

Ich rief weder Jana noch Patrizia Oplitz an, ich hätte genausogut alle Anwohner anrufen können, ein Irrer, der sich danach erkundigte, ob man zu einer bestimmten Zeit etwas gesehen hatte, irgend etwas, das im Zusammenhang mit einem Mord stand. Ich zermarterte mir das Hirn mit der Frage, was ich zur Tatzeit unternommen hatte. Mitternacht in Zürich, früher Abend in Chicago. Ich erinnerte mich daran, daß es warm war und mir der warme Wind wie ein Ventilator entgegenblies und es mir verunmöglichte, im Gehen den großen Stadtplan zu lesen. Doch schon Minuten später tropfte in meiner Erinnerung Regen auf ein Autodach, und ich saß in einem Taxi, das die Michigan Avenue entlangfuhr. Ich ärgerte mich über die Sorglosigkeit, mit der ich in meinen Ferien die Tage verlebt hatte. Keine Eintragungen in der Agenda, kein Reisetagebuch, auch keine Ansichtskarten, nur ein Beleg, daß ich an jenem Tag mit der Kreditkarte ein Paar Schuhe bezahlt hatte. Daran erinnerte ich mich, doch das war am späten Vormittag gewesen, und danach ging ich zum Oak Street Beach, saß neben anderen Touristen und schaute auf den Lake Michigan, während um uns herum Jogger rannten, einige mit Hunden als Sekundanten, andere mit dem Rhythmus von Musik im Ohr und fettfreien Muffins im Minirucksack. Am liebsten hätten sie auch noch kalorienreduzierte Luft eingeatmet. Vermutlich war ich an jenem Nachmittag ziellos umhergestreift, vielleicht in die *EL* gestiegen, oder ich hatte mir auf dem Sears Tower einen Bourbon genehmigt. Der imposante Blick auf den Lake Michigan, die Skyline von Chicago und das Hinterland, das sich wie eine flache Ebene ins Unendliche erstreckte. Als die Sonne unterging, begann die Glut der Nacht die Stadt in gelbe Leuchtpunkte zu verwandeln. Wie ein glimmendes Stück Holz. Nein, ich hatte keine Sekunde an Sue gedacht, mich weder unwohl noch beunruhigt gefühlt. Die Tage in Chicago vergingen ohne Befürchtungen und ohne Verheißungen, ich war dabei, mich zu lösen, und realisierte dadurch erst, wie stark ich mich gebunden hatte in meinem bisherigen Leben. Eines Nachmittags, als ich einen Bagel aß und zwei Mütter mit ihren Kindern erschienen und sich über ihre Männer unterhielten, die beide begeisterte Anhänger der Chicago Bulls waren, da begann ich mich zu fragen, wie viele meiner ehemaligen Geliebten und Freundinnen mittlerweile Mütter waren, glücklich oder unglücklich, egal, bei dem Gedanken wurde mir elend zumute. Eine Familie zu haben schien mir an sich nicht unbehaglich, wohl aber die Tatsache, daß alle den gleichen Weg einschlugen, ihre Agenda eintauschten gegen die biologische Uhr und sich fortan in nichts mehr von ihren Eltern und Großeltern unterschieden. Sue hatte nie über einen Kinderwunsch gesprochen, auch nicht mit ihrer besten Freundin Andrea. Ich konnte mir Sue nicht vorstellen als Mutter, doch ich konnte mir auch Conny nicht als Mutter vorstellen, obwohl sie es seit ein paar Jahren war und es so selbstverständlich handhabte wie die tägliche Körperpflege. Das Leben als eine Selbstverständlichkeit, eine Routinehandlung. Sue hatte sich dagegen gewehrt, und ich war dabei, mich von der Routine zu verabschieden, mich wie ein Anfänger im Leben neu zu orientieren.

Die Zeit verstrich, und ich fuhr mit meinem Wagen in das Industriegelände. Sue alleine oder Sue zusammen mit ihrem Mörder auf der Suche nach einem guten Fotomotiv? Der großgewachsene Mann verlor seine Konturen, er paßte nicht mehr in die Szenerie. Als Mörder hätte er sich einen anderen Tatort ausgesucht, einen gewöhnlicheren. Sue war allein, sie brauchte die Einsamkeit, um besser sehen zu können. Keine Ablenkung, keine Absicherung, zwei Augen als einzige Zeugen jener Nacht.

Sue zündet sich eine Zigarette an, beobachtet das Abblendlicht eines Wagens. Das Licht wandert eisernen Zäunen entlang, bricht sich in schmutzigen Fensterscheiben. Sue erkennt viele der Gebäude und ist überrascht, daß sie jedesmal neue Details entdeckt. Sie bleibt vor einem hellen Container stehen, drückt die Zigarette am Metall aus und sieht den kleinen Funken zu, die erlöschen, bevor sie den Boden erreichen. Sie setzt sich auf einen Mauervorsprung, liest kaum erkennbare Worte, die vor vielen Jahren auf ein Gebäude gepinselt worden sind. Stahl, Fabrik, Gebrüder, in Zürich.

Sue ist verblüfft darüber, wieviel heller alles wirkt als in den Nächten zuvor. Der Mond scheint näher bei der Erde zu stehen. Sie klettert über einen Zaun und geht an moosüberwachsenen Schienen entlang zu einer ehemaligen Fertigungshalle. Sie schließt einen Moment lang die Augen und hört den Lärm der Fabrik, Hämmern und Stampfen, Quietschen und Rasseln. Dann nur noch das Wehklagen einer Katze. Das Tier hüpft geschmeidig von einem Stapel Holzpaletten und nähert sich Sue, bleibt zwei Meter vor ihr stehen, unsicher und neugierig zugleich. Sue macht Zischlaute, geht in die Knie, um der Katze die Angst zu nehmen, doch die Katze bleibt sitzen, klagt weiter. Sue richtet sich auf und geht langsam auf die Katze zu, diese aber dreht sich weg und eilt in die Nacht. Sue atmet den Geruch von schwerem Öl, schaut zu Boden, erkennt kleine schwarze Pfützen, geht vorsichtiger, entdeckt neben einer Plastikplane schmutzige Papiertücher und ein Kondom. Sie geht weiter, läßt den Geruch des Öls hinter sich, zündet sich eine Zigarette an, schaut mißtrauisch auf ein großes Faß, das vor einer Tür steht. Kein Totenkopf, keine Explosionsgefahr. Wie, fragt sie sich, kriege ich am Tag die unheimliche Atmosphäre der Nacht in eine Aufnahme?

War es das Unsichtbare, das sie einfangen wollte? Ich ließ die Szenerie auf mich wirken und fühlte mich wie in einer Berghütte, umgeben von Freunden, die unheimliche Geschichten erzählten, bis jedes Geräusch zum Alptraum wurde. Sue ging es in ihren Bildern nicht um Angst und Schrecken, es waren Bilder der Verlassenheit. Fabrikhallen, die niemand mehr betrat, Maschinen, die nie mehr Lärm machten. Sue fotografierte vor ihrem Tod Orte, denen das Leben abhanden gekommen war. Ich erinnerte mich an die Fotos, die sie mir in ihrer Wohnung gezeigt hatte. Öde Gegenden, darin Menschen, denen die Ödnis das Blut aus den Adern zu saugen schien. In ihren letzten Arbeiten fehlten die Menschen, und es blieben nur traurige Gebäude, die wie alte verlassene Ehegatten den Schein zu wahren versuchten und daran scheiterten. Es wäre ein leichtes gewesen, aus diesen Bildern auf Lebensmüdigkeit zu schließen, Sues gewaltsamen Tod nachträglich zu prophezeien. Als Journalist hatte ich mich immer geärgert über die Platitüden meiner Kollegen, wenn sie sich in ihren Texten an den Tod heranwagten. Immer waren die Menschen auf irgendwelchen Fotos vom Tod gezeichnet, wenn sie an einer unheilbaren Krankheit starben. In künstlerischen Werken wurde krampfhaft nach Todessymbolen gesucht. Künstler malten vor ihrem Tod Bilder, die das Ende, die Auflösung, die Leere zeigten. Sänger texteten Liedzeilen, in denen sie sich verabschiedeten, sich ein letztes Mal umdrehten oder im Traum vor einem Grab standen. Dabei war es bloß die verdammte Pflicht, sich als Künstler mit dem Tod zu beschäftigen. Schließlich bezahlten wir Künstler, subventionierten sie, damit sie uns etwas von der Drecksarbeit im Leben abnahmen. Sollten sie sich doch mit Krankheiten anstecken, sich zuviel Drogen in die Venen jagen, sich besoffen überfahren lassen. Künstler durften sich stellvertretend für uns alle ins Delirium vögeln, an der Welt verzweifeln, durchknallen und sich wie Irre nackt auf einer Bühne wälzen.

Ich benötigte Sue, um mich in meiner Scheinwelt wohl zu fühlen. Jedesmal, wenn ich von einem erfolgreichen Künstler, einem aufstrebenden Freiberufler hörte, der trotz allem nicht von seiner Berufung leben konnte, fühlte ich mich ein wenig besser in meiner satten Behaglichkeit, meiner gepflegten Langeweile. Auf meinem Redaktionssessel war ich unantastbar. Die Ereignisse kamen und gingen, Namen tauchten auf und verschwanden wieder, nur eines blieb: meine Zeichnungsberechtigung. Als Journalist konnte ich mich völlig risikolos mitten im Leben tummeln, überall dabeisein und trotzdem das Leben eines braven Buchhalters führen. War nicht das mißlungenste Foto, das Sue gemacht hatte, mehr wert als die besten Artikel, die ich je geschrieben hatte? Sue hatte keine Todessehnsucht, es war nicht die Gefahr, der Kitzel, der sie trieb, nicht der Wunsch, ausgelöscht zu werden. Sue wollte etwas zu fassen kriegen, was ich aus meinem Leben verdrängt hatte.

Sue beachtet mich nicht. Sie kneift die Augen zusammen, sucht nach Orientierung, raucht hastig. Ich nähere mich langsam, berühre behutsam ihren Körper und lächle, als sie sich umdreht und mir in die Augen schaut.

«Du?»

Ich nicke und blicke zum Mond, der wie ein rundes Ei am Himmel hängt.

«Weshalb hast du mich angerufen, Sue?»

«Du warst nicht zu Hause.»

«Ich war in Chicago.»

«Ich weiß nicht weshalb», sagt sie und lächelt verlegen.

«Schon gut», sage ich.

«Plötzlich bin ich auf den Gedanken gekommen, mit dir zu reden, deine Stimme zu hören, mich mit dir zu verabreden.»

«Es hat lange gedauert, bis ich soweit war, Sue.»

«Du bist damals einfach gegangen, und vielleicht wollte ich es auch so.»

«Wir wollten es beide.»

«Ich habe ein paar Stunden geschlafen in jener Nacht.»

«Ich wußte damals nicht, was es für dich bedeutet.»

«Ich wollte nicht, daß du es weißt.»

«Das Leben, das ich damals führte, bedeutet mir heute nichts mehr. Ich war wie ein Sehbehinderter, der von Tag zu Tag ein wenig schlechter sieht, es sich aber nicht eingesteht, bis er kaum noch etwas sieht und das für ganz normal hält. Du hast mir gezeigt, daß ich blind war, Sue.»

«Ich war mir nicht sicher. Ich dachte, du seist wie alle anderen, die gut verdienen und mit Geld um sich werfen. Sie langweilen sich und ärgern sich darüber, daß sie sich langweilen, obwohl sie sich fast alles kaufen können, auch Sex und Zuneigung.»

«Vielleicht habe ich mich in dich verliebt, Sue, es mir aber nicht eingestanden.»

«Früher war es einfach, verliebt zu sein. Heute wird mir dieser Zustand immer fremder. Ist es nur etwas in mir drin, das sich verlieben möchte, oder hat es tatsächlich etwas mit dem Mann zu tun, der das auslöst? Ich habe es nie lange ausgehalten, verliebt zu sein.»

Sue drückt mit ihrem Schuh den Zigarettenstummel aus und kratzt sich am Kinn. Sie ist kleiner geworden, zerbrechlicher, ihre Handgelenke sind dünner und ihre Finger knochiger, als ich sie in Erinnerung habe. Ihr Blick wandert die Straße entlang, durch mich hindurch, sie scheint auf jemanden zu warten. Ich stelle mich neben sie, versuche ihrem Blick zu folgen.

«Weshalb wartest du hier auf ihn?»

«Ich habe in den vergangenen Nächten gespürt, daß er kommen wird.»

«Du solltest vor ihm fliehen, nicht auf ihn warten.»

«Die Nacht war lange Zeit meine Gegnerin, aber jetzt ist sie meine Verbündete.»

«Komm mit mir, Sue. Wir trinken etwas, unterhalten uns, und danach lieben wir uns bis in den Morgen.»

«Nein, das geht nicht. Ich muß hierbleiben und warten.»

Ich spüre einen kühlen Lufthauch und drehe mich hastig um die eigene Achse, doch da ist niemand mehr. Sue hat mich stehenlassen, sie ist dem Fremden gefolgt, den nur sie sehen konnte. Ich rufe nach ihr, eile die Straße entlang, schaue in dunkle Einfahrten und weiß, daß jetzt jede Sekunde zählt. Dann sehe ich den Scheinwerfer, und in seinem Lichtkegel sehe ich Sue, die auf dem Boden liegt, die Beine seltsam angewinkelt, ein roter Hautstreifen unterhalb des Brustkorbs. Sie lächelt, als sie mich sieht, und sie zeigt auf den Scheinwerfer.

«Er hat die Nacht aus meinem Leben verjagt. Siehst du die Sonne? Sie scheint nur für mich.»

«Weshalb bist du ihm gefolgt?»

«Er wollte es so.»

«Er hat dich bedroht.»

«Er hat mich eingeladen.»

«Er wollte deinen Körper und deine Seele.»

«Wollen das nicht alle, die verliebt sind?»

«Er hat dich angelogen, und du hast ihm nicht mißtraut.»

«Du warst nicht da, als ich dich angerufen habe.»

Sue schließt die Augen, und die matten Strahlen der Morgensonne dringen durch die dünne Wolkendecke. Ich nehme mir eine Zigarette aus Sues Packung und zünde sie an. Ich inhaliere den Rauch, den Sue nicht mehr einatmen kann.

Ich schloß die Fensterläden, ließ aber die Fenster offen, damit sich der kühle Morgen in meiner Wohnung ausbreiten konnte. Meine Hände zitterten, und mein linkes Bein schlotterte wie im Krampf, als ich auf dem Sofa saß. Ich bewegte das Bein auf und ab, massierte die Muskeln, bis das Knie wieder ruhig war. Die Tage waren an mir vorbeigezogen, ohne daß sie eine Bedeutung hatten. War es Mittwoch, Donnerstag, Freitag? Es spielte keine Rolle. Sues Schlaflosigkeit war längst zu meiner eigenen Schlaflosigkeit geworden. Ich trank soviel wie nie zuvor, doch es stellte sich keine Müdigkeit ein, mein Gehirn arbeitete unablässig, produzierte Bild um Bild. Ich stellte den Fernseher an, versuchte mich auf die gesprochenen Worte zu konzentrieren, doch alles hörte sich an wie eine Fremdsprache, die ich noch nie gehört hatte. In der Hand hielt ich ein Glas, randvoll mit Rosebank, einem Whisky, der in der Industriegegend um Falkirk produziert wurde. Das schien mir passend. Ein Whisky, der den Geschmack von Fabrikschloten in sich aufgesogen hatte. Drei, vier, fünf Nächte hatte ich in der Gegend verbracht, wo Sue ermordet worden war. Nächte voller Ahnungen, Visionen. Sue hatte zu sprechen begonnen, Antworten gegeben, doch alles blieb vage und unverbindlich. Ich war ihr zweifellos nähergekommen, ohne jedoch ihrem Geheimnis näher gekommen zu sein.

Ich saß im Schneidersitz vor dem Telefon und wünschte mir einen Anruf herbei, doch als das Telefon tatsächlich klingelte, erschrak ich so sehr, daß mein Puls wie eine Faust vom Brustkorb in den Hals hochschnellte und ich nicht mehr reagieren konnte. Ich tigerte in der Wohnung herum, ging von Fenster zu Fenster, blinzelte durch die Fensterläden, legte mich auf das Bett, um gleich wieder aufzustehen und schwer atmend den Kühlschrank zu öffnen. Minutenlang stand ich vor dem offenen Kühlschrank, spürte die Kälte, die dem Gerät entwich und sich auf den Küchenboden senkte.

Später saß ich am Küchentisch und trank einen Kaffee, trommelte auf den Holztisch, bis mir die Knöchel weh taten. Ich schmiß die Tasse wuchtig gegen die Wand, sie zerbarst in drei Teile, und Kaffeetropfen zeichneten auf dem Verputz Linien wie Blutspuren. Ich mußte etwas tun, mich befreien aus dieser Anspannung, die mich gefangenhielt. Wieder saß ich vor dem Telefon, diesmal nahm ich den Hörer ab, wählte Connys Nummer, es tutete, zweimal, dreimal, ich hörte Connys Stimme, fröhlich, ich hörte den Signalton, ich würgte, versuchte etwas zu sagen, doch ich sagte nichts, bis ein erneuter Signalton die Verbindung unterbrach. Ich saß da und grinste. Ich bin jetzt auf deinem Anrufbeantworter, Conny. So wie Sue auf meinem war. Laß mich nicht sterben Conny, komm zurück und rette mich.

16 Woodford Reserve

Die Schlaflosigkeit veränderte mein Körpergefühl. Es gab Momente, in denen ich meine Hände wahrnahm, als würden sie nicht zu mir gehören. Mein Bewußtsein schien sich für Sekunden von meinem Körper zu lösen. Ich mußte mich schütteln, mich heftig dagegen wehren, um mit meinem Körper wieder eins zu werden. Ich rauchte so viel und so selbstverständlich, als hätte ich nie damit aufgehört. Sue war die Glut, die auf den Fußboden fiel und noch im Flug erlosch. Der bloße Gedanke an die Anwesenheit anderer Menschen bereitete mir Übelkeit. Ich wollte niemanden sehen, niemanden hören und riechen. Ich ertrug weder den Fernseher noch den zufälligen Blick durch das Fenster auf die Menschen auf der Straße. Das Telefon hatte ich ausgesteckt, auf das Klingeln an der Wohnungstüre reagierte ich nicht. Die Tage verbrachte ich in der Wohnung, die Nächte in meinem Wagen, auf den Spuren von Sue, wie ich dachte. Tatsächlich aber entfernte ich mich immer mehr von Sue, der echten, der Sue, mit der ich geschlafen hatte. Ich war unterwegs mit einer anderen Sue, einer eingebildeten Sue, mit der ich mich unterhielt wie mit einer Lebenspartnerin. Die Jahre bei der Zeitung waren beinahe erloschen, kamen nur ab und zu in mein Bewußtsein zurück wie kurze Stromstöße, die mich aufschreckten, aber nicht zurückholten in den Alltag, den ich scheinbar endgültig verlassen hatte. Ich stellte mir vor, daß mich meine ehemaligen Kollegen nicht wiedererkennen würden, und wenn doch, würden sie sich sofort ängstlich und leicht angewidert abwenden, so wie ich das auch tat, wenn ich einem dieser kaputten Typen begegnete, die sabbernd und hustend vor sich hin stanken. Doch ich stank nicht. Ich duschte und aß, ohne es wahrzunehmen. In mir spielte eine Automatik weiterhin das Alltagsprogramm ab. Ich rasierte mich alle drei oder vier Tage, es sah aus wie eine modische Marotte. Mit den Stoppeln fühlte ich mich sicherer, sie wirkten auf mich wie eine Maske, die mich anonymer machte.

Die Billardkugel rollte auf dem Fußboden bis zum Schrank, der Aufprall verursachte einen hohl klingenden Knall, der in der Wohnung leicht widerhallte. Ich rutschte auf den Knien bis zum Schrank, nahm die Kugel in die Hand, warf sie in die Höhe, fing sie auf, legte sie auf den Holzboden und gab ihr einen Stoß, so daß sie wegrollte, diesmal in die andere Richtung, direkt zur Wand, an die Holzleiste. Von der einen Wand zurück zum Schrank und wieder zurück zur Wand. Minutenlang, stundenlang, ewig. Zwischendurch lag ich flach auf dem Rücken, spürte, wie kühl sich der Fußboden anfühlte, ließ meinen Kopf seitwärts rollen, hielt inne und lauschte der rauschenden Stille, die mich umgab.

Berger war ein erfolgreicher Geschäftsmann, aufgestiegen bis ins obere Management einer Versicherungsgesellschaft, verheiratet, zwei Kinder, ein Verhältnis mit einer Sachbearbeiterin, diskret, problemlos, eine Karriere wie tausend andere. 52 geradlinige Jahre, eine schwere Krankheit, ein Unfall, zwischendurch finanzielle Sorgen, eine Erbschaft, ein neues Haus und nette Nachbarn. Es war Bergers

Wunsch, nach Dublin zu fliegen. Berger war noch nie in Irland gewesen. Die Versicherungsgesellschaft hatte in Irland eine Firma übernommen, nichts Großes, ein Investment für die Zukunft. Bergers Aufgabe hörte sich erfreulich an, Kontakte knüpfen, sich mit den irischen Partnern gut stellen, die Unternehmenskultur des Mutterhauses vermitteln. Bergers Maschine hob um die Mittagszeit ab, und er freute sich auf die Musik in den Pubs. Drei Tage verliefen völlig problemlos. Er gewöhnte sich rasch an den seltsamen englischen Dialekt, auch daran, daß ihm vieles ungewohnt altmodisch vorkam. Die Stadt war lebendig und laut, überall wurde gebaut, und die Menschen eilten über die verstopften Straßen wie in Zürich. Berger besuchte einige Pubs, schlenderte durch den Temple-Bar-Bezirk und ließ sich von Einheimischen in elegante Restaurants führen, in denen er von rothaarigen Kellnerinnen bedient wurde. Der vierte Tag war sein letzter Arbeitstag, und er freute sich darauf, noch zwei Tage für sich zu haben, die Stadt alleine zu erkunden, vorzudringen in Gegenden, die auf dem Stadtplan interessant erschienen, ohne daß sie in den Führern besonders erwähnt wurden.

Es war ein angenehm warmer Tag, der Wind wehte weniger stark als an den vorangegangenen Tagen, und Berger verzichtete darauf, einen Regenschirm mitzunehmen. Dafür trug er eine grüne Freizeitjacke, die er sich am Tag zuvor erstanden hatte. Wasserdicht und luftdurchlässig, gut geeignet für irische Spaziergänge. Er nahm sich vor, ganz auf Busse und Taxis zu verzichten. Die Gegend um den St. Stephens' Green kannte er bereits sehr gut, all die alten Häuser mit den bunten Haustüren. Er ging die Dawson

Street hoch bis zum Trinity College, staunte erneut über den Gleichmut, mit dem die Iren und die zahlreichen Touristen den unglaublich lauten und stinkenden Verkehr hinnahmen. Als er die O'Connell Street hochschlenderte, bemerkte er, wie sich das Straßenbild langsam veränderte. Einer der Iren aus der neuen Firma hatte ihm erzählt, daß der Kern Dublins früher nördlich der O'Connell Street lag und der Süden erst später durch all die noblen Geschäftsviertel und das viele Geld zum eigentlichen Zentrum der Stadt wurde, während der Norden langsam verarmte. Tatsächlich sah Berger in der Parnell Street, die auf die O'Connell Street folgte, ganz andere Menschen, schlechter gekleidet, schmutziger, und auch die Touristen sahen aus, als hätten sie weniger Geld. Auf der Rundfahrt mit dem Bus war ihm das nicht besonders aufgefallen, dafür der imposante Phoenix Park, der sich im Norden hinzog wie ein riesiges Biotop, und mittendrin die amerikanische Botschaft. Berger blieb an der Ecke Frederick Street, Upper Dorset Street stehen, schaute in seinem Stadtplan nach, wo er sich befand, entdeckte viel weiter nördlich den großen Park. Eine kleingewachsene Frau mit roten Wangen fragte ihn, ob sie ihm behilflich sein könne, er verstand sie nicht sofort, weil ihr irischer Slang unverständlich klang. Berger bedankte sich und ging weiter.

Später erinnerte er sich nicht mehr daran, was in jenen Minuten in seinem Kopf vorgegangen war. Es mußte ihm etwas eingefallen sein, etwas, das ihn beschäftigte, ihn ablenkte. Er ging zwar weiter, doch er achtete nicht mehr darauf, wohin. In Gedanken versunken verließ er die Upper Dorset, wählte eine Nebenstraße und sah sich plötzlich von Mietshäusern umgeben, die halb verfallen schienen. Wäsche hing auf den kleinen Balkonen, die Farbe der Häuser sah aus wie Rost, die Vorgärten waren mit Müll übersät und das Gras kurz geschnitten und an den Rändern hell wie Stroh. Berger blieb verdutzt stehen, spürte, wie sein Herz schneller schlug. Die Häuser waren aneinandergereiht wie Dominosteine. Eine schmucklose Straße mitten durch die Häuserfronten, kaum Verkehr, eine befremdliche Stille, durch die entfernte Stimmen drangen. Berger glaubte plötzlich die Stimme seiner Mutter zu hören, die vornübergebeugt am Fensterbrett stand und nach ihren Kindern Ausschau hielt. Er sah zwei Halbwüchsige in braunen Kleidern, die Hosen abgewetzt, die Schuhe löchrig. Und er sah sich selber, weiter vorne, ein kleiner Junge, der auf einer Mülltonne saß und in den Händen ein Plastikflugzeug hielt, mit dem Mund Motorengeräusche imitierend. Die beiden Halbwüchsigen näherten sich dem Jungen, gingen auseinander, kreisten ihn ein. Der Junge realisierte zuerst nicht, daß es gefährlich für ihn wurde, und als er es bemerkte, war es zu spät. Einer der beiden forderte ihn auf, von der Mülltonne zu klettern. Berger verstand die Worte nicht, doch er sah die Gesten, die eindeutig waren. Der Junge rutschte von der Mülltonne, seine Schuhe knallten hell auf den Boden. Er wollte wegrennen, doch einer der Halbwüchsigen stellte sich ihm in den Weg. Berger begann am ganzen Leib zu zittern, jetzt, dachte er, werden sie ihn verprügeln, so wie sie damals Berger verprügelten, immer wieder, grundlos, einfach nur, weil er da war. Der Junge begann zu schreien, Berger wußte, was jetzt kommen würde. Die beiden begannen den Jungen herumzustoßen, schlugen fester zu, bis er stolperte und rücklings hinfiel. Seine Schreie verhallten zwischen den Wohnhäusern. Berger sah, wie der größere von beiden dem Jungen mit den Schuhen in die Beine trat, danach auch in die Hüften und die Lenden. Es reicht, rief Berger, doch nur ein kehliger Laut war zu hören. Er rannte auf die drei zu, stolperte beinahe, fing sich auf. Ich muß ihm zu Hilfe eilen, dachte Berger, sie werden sonst nie damit aufhören, er wußte es, er spürte jeden Schlag, jede Demütigung erneut. Die beiden drehten sich um, sahen, wie sich Berger näherte, machten jedoch keine Anstalten, vom dem Jungen abzulassen, der seine dünnen Beine angezogen hatte, um seinen Bauch vor den Tritten zu schützen. Stop it, schrie Berger, leave him, er suchte verzweifelt nach Worten, fand aber nur Sätze aus seiner Kindheit, laßt mich in Ruhe, bitte, hört auf, es tut weh, warum macht ihr das. Die beiden ließen von dem Jungen ab, musterten Berger, sahen sich an, ohne Unsicherheit zu zeigen. Plötzlich grinste der eine, der Junge nutzte die Gelegenheit, rappelte sich auf und rannte weg, jetzt war Berger allein mit den beiden, doch hinter sich hörte er Schritte, zu spät, viel zu spät, Berger war in der Falle. Die beiden Halbwüchsigen vor ihm traten näher, während Berger hinter sich die Stimme eines dritten vernahm, Berger schaute sich kurz um, sah ein schmales Gesicht mit kurzen blonden Haaren, und dann spürte er einen Schlag in seinem Rücken. Er berührte einen der Halbwüchsigen vor ihm, der sich wegdrehte und Berger ins Leere fallen ließ. Berger versuchte sofort wieder aufzustehen, sah, wie der dritte ausholte, sah die Motorradkette, zuckte zusammen, als der Schmerz sich ausbreitete auf seinem Oberschenkel und in der Hüfte. Berger blieb stumm, das Entsetzen lähmte ihn, er sah, wie die Kette erneut auf ihn niederknallte, diesmal die Kniescheibe traf, ein höllischer Schmerz. Gebrochen, dachte Berger sofort, er rollte sich zur Seite, tat, was der Junge vor ihm auch getan hatte, er zog die Beine an, berührte dabei sein Knie, ließ sofort wieder davon ab, weil der Schmerz unerträglich wurde. Es vergingen Sekunden, bis ihm bewußt wurde, daß er wieder allein war, die Angreifer verschwunden. Berger versuchte aufzustehen, doch sein Knie ließ es nicht zu, er setzte sich auf, das Bein mit dem verletzten Knie ausgestreckt. Er fühlte sich beobachtet von tausend Augen hinter den Fenstern, er hörte, wie er leise nach seiner Mutter rief, die ein paar Häuser weiter vorn das Mittagessen kochte. Es ärgerte ihn, daß er seine kurzen Hosen schmutzig gemacht hatte, er hatte nur dieses eine Paar, die anderen hatten ein Loch, und die Mutter war noch nicht dazu gekommen, es zu stopfen. Berger weinte, und die Tränen schmeckten wie damals, als er sich schwor, nie wieder zu weinen. Es dauerte lange, bis er es wagte, sein Knie wieder zu belasten. Er humpelte unsicher die Straße entlang, schaute sich um wie ein gehetztes Tier und versuchte angestrengt jene Richtung auszumachen, aus der er den vertrauten Lärm von Straßenverkehr hörte. Später, in der Phibsborough Road saß er wie gelähmt auf einer Haustreppe, und in seinem Kopf prügelten die Jungs aus seiner Kindheit weiter auf ihn ein.

Bergers Geschichte rauschte durch meinen Kopf wie eine Springflut, wurde abgelöst durch neue Geschichten. Alles, was ich in den Jahren zuvor aufgesogen hatte, schien sich jetzt in meinem Kopf neu zu ordnen. Gesichter, undeutliche

Erinnerungen an Begegnungen, peinliche Momente, verpaßte Gelegenheiten. Und immer wieder Sue. Ich saß im Schneidersitz auf dem Holzboden und schenkte das Glas mit Woodford Reserve voll. Ein Bourbon, der jeden überzeugte, die Wärme eines Kaminfeuers und dazu der Geschmack der Prärie. Dafür war ich bereit, jeden Schotten zu opfern. Ich prostete Sue zu, versuchte sie davon zu überzeugen, mit mir diesen Bourbon zu kosten, doch Sue schüttelte den Kopf und lachte. Während ich trank, verdunkelte sich der Raum. Durch einen kleinen Spalt fiel Mondlicht auf meine rechte Hand, die fahl wirkte, ein blutleeres Tier mit fünf Fühlern. Es gelang mir nicht, sie zu bewegen, sie war tot und fremd. Ich starrte auf die Hand und fühlte einen leichten Luftzug, der meinen Rücken streifte.

Sue streichelt zärtlich über das Bild ihrer Kindheit, zwei Mädchen, scheu und kokett.

«Ich habe erst vor ein paar Jahren meine Kindheit neu entdeckt. Eine behütete Kindheit, wie man sagt. Vater, Mutter, keine Geldsorgen. Aber was heißt das schon? Ich begreife erst ganz langsam, daß es so etwas wie eine behütete Kindheit nicht gibt.»

Sue verstaut das Bild, wendet sich ab, es ist ihr sichtlich unangenehm, daß sie sich so sehr öffnet. Ich erzähle etwas, nur um die Stille zu verjagen, doch Sue antwortet nicht.

«Soll ich gehen?»

«Wenn du möchtest.»

«Möchtest du, daß ich gehe?»

Sue verschwindet, geht auf die Toilette, ich höre die Wasserspülung, höre, wie Sue vor sich hin summt. Wartet sie darauf, daß ich gehe? Ich stehe auf, unschlüssig, da erscheint Sue wieder, fröhlich, als habe sie eine Tablette geschluckt, die sofort Wirkung zeigt.

«Ich werde jetzt ein wenig lesen.»

«Gut», sage ich.

Sue greift sich ein Buch. Sie beginnt zu blättern, setzt sich, liest.

«Weshalb sagst du jetzt nichts?»

Sue ist aufgebracht, ihre Stimme zittert.

«Was soll ich sagen?»

«Halte mich davon ab zu lesen, halte mich davon ab, mich zurückzuziehen, halte mich davon ab zu sterben.»

Ich stand auf, ging auf Sue zu, doch da war nur noch das Mondlicht und eine Hand, die nicht zu mir gehörte. Ich hörte einen Knall und realisierte sofort, daß mein Kopf auf den Fußboden geprallt war. Winzige Lichter flackerten auf, ehe ich benommen den Schmerz in meinem Hinterkopf spürte.

17 Scapa

Ich wußte nicht, wieviel Zeit vergangen war. Der Blick auf meine Uhr irritierte mich. Ich suchte das Mondlicht, sah, daß der ganze Raum in helles Licht getaucht war. Hatte ich die Fensterläden geöffnet? Auf dem Fußboden lag ein Karton. Darin Reste einer Pizza. Mein Magen fühlte sich gut an, ich hatte gegessen, aber wann hatte ich die Pizza bestellt? Ich wischte mit dem Handrücken über den Mund, fuhr mit der Zunge über die Zähne, es war eindeutig, ich hatte vor kurzem gegessen. Einen Augenblick lang glaubte ich mich zu erinnern, sah einen jungen Mann, der mir die Pizza überreichte, doch vielleicht war das eine alte Erinnerung, die die Leere auffüllte, eine Ersatzerinnerung. Hatte ich die Pizza zusammen mit Sue gegessen? Ich nahm eines der Stücke, die übriggeblieben waren, in die Hand und sah Bißspuren, die nicht von mir zu sein schienen. Im Flur suchte ich nach Indizien, die auf Besuch deuteten, schaute auf die Tür zur Toilette, die weit offenstand. Kein Besuch, dachte ich. Die Tür zur Toilette schloß ich immer, wenn es an der Wohnungstüre klingelte, ganz automatisch, genauso, wie ich sie wieder öffnete, wenn ich allein war. Wie ein kleines Kind irrte ich durch meine Wohnung, schaute in Schränken und unter dem Bett nach, ob sich jemand versteckt hatte, suchte nach Spuren einer anderen Person. Ein Schrecken fuhr durch meine Glieder, als ich in der Küche einen Schatten zu sehen glaubte, der sich bewegte, doch es war nur ein Lichtreflex. Ich blieb stehen, atmete langsam und lauschte. Die Geräusche, die ich wahrnahm, kamen von außen, aus dem Treppenhaus. Ich war allein, und das beruhigte mich. Doch gerade als ich mich entspannte, drang der Laut der Klingel durch die Wohnung. Ich zuckte zusammen, ging zwei Schritte in Richtung Wohnungstüre, hielt wieder inne, wartete. Ein zweites Klingeln, dann Ruhe. Ich ging ins Wohnzimmer, versuchte durch die Fensterläden nach unten zu schauen, sah aber nur das Ladengeschäft gegenüber. In meiner Jackentasche fand ich eine Zigarette, die ich hastig rauchte, den Stummel drückte ich auf dem Karton aus, der noch immer am Boden lag. Ich überlegte, ob ich den Pizzakurier anrufen sollte, um ihn zu fragen, wann ich die Pizza bestellt hatte, verwarf den Gedanken aber, als ich mir den Mann am Telefon vorstellte, herablassend freundlich, gewohnt, auch zu Spinnern nett zu sein.

Ich hatte zweifellos ein Blackout gehabt, war weggetreten, entweder wegen des Alkohols oder aus Erschöpfung, doch wer bestellte eine Pizza, wenn er aus Erschöpfung bewußtlos herumlag? Du bist in Gefahr, dachte ich, du darfst dich nicht weiter gehenlassen. Ich ging ins Badezimmer, drehte den Wasserhahn auf, um zu duschen, fröstelte am ganzen Körper, als ich mich auszog. Vor Angst, unter der Dusche ohnmächtig zu werden, kauerte ich mich hin, ließ den Wasserstrahl auf meinen Kopf und den Rücken prasseln, setzte mich und versuchte mich an die Nacht zu erinnern. Wie ein Dia leuchtete plötzlich ein Bild in meinem Kopf auf, jemand überreichte mir den Karton mit der heißen Pizza, ich bezahlte mit einem Fünfziger und gab ein großzügiges Trinkgeld. Bier und eine Nachspeise. Wie eine Sprungfeder stand ich auf und rannte nackt und naß in die

Küche, öffnete den Kühlschrank und sah das Tiramisu und die Flasche Bier. Da fiel es mir wieder ein, der Anruf, Mindestbestellwert zwanzig Franken, also noch ein Bier und eine Nachspeise. Beruhigt über die zurückgewonnene Erinnerung machte ich mir einen Espresso, trank ihn im Stehen und ging ins Bad, um mich abzutrocknen. Wieder fiel mir Bergers Geschichte ein, ich sah einen Mann, der sie mir erzählte, ich kannte den Mann nicht, doch es war die Stimme von Luzius Stumm, einem Musikjournalisten.

«Halt den Mund, Luzius», sagte ich und war erstaunt, meine eigene Stimme zu hören, kehlig, rauh, wie ein zu wenig lange gelagerter Whisky. In meinem Kopf hatte sich etwas selbständig gemacht, eine Bilder- und Tonquelle, die mich gestochen scharf und in CD-Qualität mit Gesichtern und Stimmen versorgte.

«Ruhe jetzt.»

Meine Stimme war fester und lauter. Ich öffnete wieder den Kühlschrank, nahm die Büchse Bier und trank sie in einem Zug leer. Mein Magen rebellierte nicht.

«Schluß jetzt», sagte ich.

Entschlossen ging ich ins Wohnzimmer, stellte den Fernseher an und wählte mit der Fernbedienung das Teletextmenue. Ich las die Nachrichten, ohne sie zu begreifen. Alles unwirklich, dachte ich, geht mich nichts mehr an, die Welt hat mich verloren. Wie ein Schlag auf den Brustkorb plötzlich der Name Sue. Als ich genauer hinschaute, war er wieder weg, keine Nachricht über Sue. Der Mord, dachte ich, ist längst aufgeklärt, ich sitze hier und weiß von nichts, Wochen sind vergangen, jemand hat längst eine Vermißtenanzeige aufgegeben, bald wird der Hauswart erscheinen, um nach dem Rechten zu sehen. Aber es waren keine Wochen vergangen, nur ein paar Tage und Nächte.

«Ich mache alles falsch», sagte ich und staunte nicht mehr darüber, meine eigene Stimme zu hören.

«Du machst alles falsch.»

«Du gibst dir keine Mühe.»

«Du bist selber schuld.»

«Weshalb hast du nicht reagiert, als ich dich berührt habe?»

«Warum redest du nicht mit mir?»

«Wer bist du, wenn du dir keine Mühe mehr gibst, dich selber zu sein?»

Dieser Satz wiederholte sich, wurde zu einer Schlaufe, die um mein Gehirn wirbelte. Ich hatte mich definiert durch meinen Beruf, meine Freunde, meine Bekannten. Ohne dieses Umfeld war ich verloren, zurückgeworfen ins Chaos, ich mußte alles neu ordnen, eine neue Ordnung finden, ein neues Ich. Und während ich dies dachte, lachte ich bereits wieder über den Gedanken. Ich stellte mir vor, wie ich mich hinsetzte, die Zeitung las und wie die Normalität zurückkehrte wie die Sonne nach einem heftigen Gewitter.

Der Straßenlärm drang durch die geschlossenen Fenster. Es war später Nachmittag. Die Stunden vergingen im Schnelldurchlauf. Ich trank Scapa, ein großes Glas, randvoll. Scapa wurde mit ungetorftem Malz hergestellt und in Bourbonfässern gelagert. Ich besaß eine Flasche, die von Gordon & McPhail abgefüllt worden war, gut zwanzig Jahre alt, ein Geschenk meiner Arbeitskollegen zu einem längst vergessenen Geburtstag. Bei jedem Schluck stellte ich mir die Kolleginnen und Kollegen vor. Ich sah, wie sie vor ihren Computern saßen, telefonierten, rauchten, nörgelten und lachten. Und während ich sie mir vorstellte, fiel mir auf, daß ich mich in das Bild hineinprojizierte, mir fiel auf, wie ich mir selber dabei zusah, weiterhin bei der Zeitung zu arbeiten. Ich hatte gehört, daß Manager, die ausstiegen, oft noch Jahre später davon träumten, an ihren Arbeitsplatz zurückzukehren, so als hätten sie nur ein paar Tage frei genommen. Monique, mit der ich vor fünf Jahren eine verregnete Woche in Schottland verbracht hatte, träumte in Edinburgh, daß sie zu ihrem Mann zurückgekehrt sei. Sie war an jenem Tag so verstört, daß ich mir Sorgen machte. Sues Anruf, ihr Verhalten in ihrer letzten Nacht hatten vielleicht einen ähnlichen Auslöser gehabt. Ein Traum, in dem ich ganz überraschend auftauchte oder jemand, der Sue im Traum erzählte, daß ich zu ihr gehörte. Anstatt Klarheit über Sue zu erlangen, hatte ich meine eigene Verwirrung provoziert. Ich saß in meiner Wohnung herum wie ein Verstörter, einer, der sein Gleichgewicht verlor und sich nicht mehr daran erinnern konnte, daß er je eines hatte. Der Whisky floß durch meine Kehle wie Mineralwasser, doch in der Speiseröhre fühlte er sich an wie flüssiges Metall.

Aufgefunden in seiner Wohnung, verwahrlost, bis zum Skelett abgemagert, wirre Sätze brabbelnd. Er widersetzte sich nicht, als man ihn in die Klinik einlieferte. Er schwieg den ganzen Tag und kehrte stumm den Vorplatz. Beim Pflegepersonal war er beliebt. Für einen Moment dachte ich, daß ich mich nicht gegen eine Entmündigung wehren würde. Kommen Sie nur herein, Herr Doktor, pumpen Sie mich mit Tranquilizern voll, operieren Sie mein Gehirn weg, damit ich wieder fröhlich für die Zeitung arbeiten kann. Doch Sue hätte das nicht gerne gesehen, deshalb rappelte ich mich auf, machte Kaffee und aß eine Scheibe Schwarzbrot.

Später hielt ich meinen Kopf unter fließendes Wasser, bis ich zu ertrinken glaubte. Das Gesicht im Spiegel sah überraschend vertraut aus. Ich legte mich aufs Bett, schaute zur Decke, bis alle Gedanken aus meinem Kopf verschwunden waren. Sue tauchte einige Male auf, ein besorgter Blick, ehe sie sich auflöste wie ein Spiegelbild im Wasser. Ein letztes Mal sah ich sie lächeln, dann war sie weg, und ich wußte, was ich falsch gemacht hatte.

18 Cardhu

Ich saß in meinem Wagen und rauchte. Ich sah Jugendliche, die aus einem Schulhaus eilten, einige zündeten sich Zigaretten an. Es war Nachmittag, dunkle Wolken verdüsterten den Horizont. Durch die Windschutzscheibe sah ich über die halbe Stadt, bis hinüber zum Üetliberg. Es schien mir wichtig, von hoch oben zu starten, einzutauchen in den städtischen Verkehr. Noch war es zu früh, noch herrschte zu wenig Verkehr. Ich stieg aus und ging einige Schritte bis zu einem Zaun, hinter dem eine Wiese lag. Ich entdeckte eine Parkbank, deren Rücklehne zerbrochen war. Als ich mich setzte, sah ich die Zigarettenstummel am Boden, ein kleines Häufchen, so als habe jemand Stunden rauchend auf der Parkbank verbracht. Im Osten flackerten die ersten Lichter eines Gewitters auf. Die Wolkenformationen wurden für Sekundenbruchteile erleuchtet. Ich stellte mir vor, wie jemand ganz kurz die Erde betrat, schnell Licht machte und sich entsetzt abwandte. Die Lichter blieben stumm, kein Donner, auch kein Grollen oder Stampfen, nur der Wind, der durch die Blätter rauschte. Ein alter Mann, gebückt, mit einem Spazierstock, kam geradewegs auf mich zu. Er setzte sich grußlos neben mich, schwer atmend, holte aus seiner Hosentasche ein riesiges Taschentuch hervor, schneuzte sich laut, knüllte es zusammen und steckte es zurück in die Hosentasche. Mit einer Hand zeigte er nach Osten, wo ständig neue Gäste den Lichtschalter betätigten.

«Genauso war es damals, als die Maschine abhob.»

Ich sagte nichts, weil ich mich nicht mit dem Mann unterhalten wollte.

«Es war heißer, im Hochsommer.»

Der Mann zündete sich eine Zigarette an. Ich sah, daß der Filter die gleiche Farbe hatte wie die Stummel, die mir zu Füßen lagen. Der Mann folgte meinem Blick.

«Ich bin jeden Nachmittag hier. Immer um die gleiche Zeit. Sehen Sie da drüben? Das Flugzeug macht eine Schlaufe, danach fliegt es in den Süden. Mallorca vielleicht oder auf die Kanarischen Inseln. Ich flog nach Teneriffa, eine Woche wollte ich mich erholen. Meine Frau fuhr eine Woche zu ihren Eltern nach Holland.»

Ich schwieg noch immer, schaute mir den Mann etwas genauer an. Er trug einen ungepflegt wirkenden Bart, graue Haare, die in halblangen Strähnen nach hinten gekämmt waren. Er war mager, seine Hände mit Altersflecken übersät. Er nickte, als er sah, daß ich ihn musterte.

«Ich sehe alt aus, älter, als ich bin. Damals bin ich um Jahre gealtert, zuerst nur innerlich, dann auch der Körper. Sie haben sicherlich gelesen, daß es Menschen gibt, die über Nacht schlohweißes Haar kriegen. Ich habe es nicht über Nacht gekriegt, aber innerhalb eines Jahres. Damals war ich keine sechzig.»

«Ihre Geschichte interessiert mich nicht», sagte ich bestimmt.

«Das sagen alle, und trotzdem hören sie mir zu, weil es eine unheimliche Geschichte ist. Die Leute mögen unheimliche Geschichten, solange sie nicht selber darin vorkommen.»

Jetzt lachte er und trommelte mit dem Spazierstock einige Male auf einen Stein.

«Ich bin hier, weil ich in Ruhe nachdenken möchte», sagte ich.

«Hören Sie mir zu und denken Sie danach weiter. In ein paar Jahren werde ich tot sein, dann wird meine Geschichte von niemandem mehr erzählt.»

Ein erstes Donnergrollen rollte über den Himmel wie eine Bowlingkugel.

«16.30 Uhr. Um diese Zeit saß ich in der Abfertigungshalle. Oder sagt man Warteraum? Das Gepäck hatte ich schon aufgegeben.»

«Also gut», sagte ich. «Sie sind geflogen. Wurde Ihr Flugzeug entführt? Gab es eine Notlandung, Turbulenzen?»

«Hören Sie mir zu. Was damals passierte, hat mein Leben verändert. Grundlegend. Ihr Leben wird durch diese Geschichte nicht beeinträchtigt, aber vielleicht hilft sie Ihnen nachzudenken.»

«Worüber nachzudenken?»

«Die Menschen, die sich hier oben hinsetzen, sind manchmal in einer seltsamen Gemütsverfassung. Jüngere Menschen. Die Alten sitzen, weil sie keine Luft kriegen oder die Beine schmerzen.»

«Ich bin in keiner seltsamen Gemütsverfassung. Gestern war ich es vielleicht noch, aber jetzt geht es mir gut.»

«Um so besser. Wenn es Ihnen gutgeht, werden Sie besser mit dieser Geschichte umgehen können.»

Ich atmete hörbar aus und schüttelte den Kopf. Ein Spinner, dachte ich. Sucht sich jeden Tag ein Opfer aus, das er mit einer vermutlich erfundenen und langweiligen Geschichte quält.

«Weshalb schreiben Sie die Geschichte nicht auf und veröffentlichen sie? Dann kann jeder selber entscheiden, ob er sie lesen will.»

«Meine Geschichte wurde aufgeschrieben, junger Mann. Aber nicht so, wie ich mir das gewünscht hatte. Ein Reporter hat daraus eine Sensationsgeschichte gemacht und geschrieben, daß ich übergeschnappt sei auf einem Flug, aus Sauerstoffmangel. Ich wollte, daß die Geschichte veröffentlicht wird, damit die anderen sehen, daß sie nicht alleine sind, daß es jemanden gibt, der es wagt, die Geschichte zu erzählen. Sehen Sie, ich bin beinahe daran zugrunde gegangen, weil ich die Geschichte für mich behielt, jahrelang. Nicht einmal meiner Frau habe ich sie erzählt.»

Ich spickte den Zigarettenstummel ins Gras. Zeit genug hast du, dachte ich. Eine halbe Stunde, vorher wollte ich nicht in die Stadt hinunterfahren.

«Also gut», sagte ich. «Ich höre zu.»

«Lüscher ist mein Name», sagte er.

Ich nickte, ohne meinen Namen zu erwähnen.

«Jetzt geht es dann gleich richtig los.»

Er zeigte auf die Lichtblitze, der Donner wurde bedrohlicher, der Wind heftiger. Lüscher spuckte seitlich neben die Parkbank und begann zu erzählen.

Die Sonne brannte auf den Asphalt. Eines der Flugzeuge leuchtete im gleißenden Licht wie eine ferne Fata Morgana, umgeben von tanzender heißer Luft. Zwanzig Minuten noch. Viele der Gesichter waren bereits bräunlich gefärbt, einige bleich wie er. Viele Paare, einige Familien mit Kindern, Einzelreisende konnte Lüscher nicht ausmachen. Vielleicht der dunkelhäutige Mann mit Schnurrbart, ausgerüstet mit einer riesigen Fotokamera. Er kam sich ein wenig albern vor in seinem Anzug, ein sportlicher Anzug zwar, aber dennoch ein Anzug, inmitten von Jeans und nackter Haut. Wann war er das letzte Mal mit anderen Touristen geflogen? Jahre lag das zurück. Seither nur einige wenige Ferienwochen in den Bergen, manchmal nur Tage. Er bereute seinen Entschluß, ärgerte sich darüber, daß er seinem Arzt nicht heftig widersprochen hatte, als dieser von Ferien zu reden begann, vom Meer. Gut, es hatte ihn noch nie so heftig erwischt, Heuschnupfen, der sich zu einer grippeähnlichen Krankheit entwickelte. Unerträglich war es, ständig hustete er und schneuzte er sich inmitten schwitzender Menschen. Er hätte es vorgezogen, in die Berge zu fliehen, ein paar Tage nur, aber sein Arzt hatte ihn überredet, und er hatte unvorsichtigerweise mit seiner Frau darüber gesprochen. Sie war sofort begeistert, sagte, das täte ihm gut. Sie einigten sich schließlich auf jene Woche, in der seine Frau ihre Eltern besuchen wollte. Lüscher haßte diese Reisen zu seiner Schwiegermutter, nicht so sehr wegen der Mutter, er haßte vielmehr deren Mann, einen ungebildeten und ungehobelten Menschen, der den ganzen Tag nur über Fußball redete und der ihn, der Fußball nicht mochte, das Spiel nicht verstand, ausgerechnet ihn, Lüscher, zu seinem Gesprächspartner auserwählte. Dazu kam, daß in Holland offenbar kein Tag verging, an dem nicht Fußball gespielt wurde. Er war viel zu höflich, um den Mann zu brüskieren, er hatte einige Male versucht, mit dem Mann über andere

Dinge zu reden, über Geldanlagen, über Wirtschaft, ja sogar über Hunde, obwohl er die auch nicht sonderlich mochte, aber von denen verstand er wenigstens etwas, mehr jedenfalls als vom Fußball. Doch der Schwiegervater brachte es fertig, jeden Halbsatz so umzubiegen, daß er am Ende wieder beim Fußball landete. Das also war die Alternative, vor die ihn sein Arzt und seine Frau gestellt hatten. Fußball oder Teneriffa.

Je länger er sich die anderen Passagiere anschaute, um so mehr zweifelte er daran, die richtige Entscheidung getroffen zu haben. Vielleicht wurde auf Teneriffa ebenfalls jeden Tag Fußball gespielt. Es ärgerte ihn, daß er vorher keine Erkundigungen eingezogen hatte. Eine ältere Frau mit braungebrannten dicken Fettpolstern, die überall aus ihrem T-Shirt quollen, lächelte ihn an. Er lächelte nicht zurück, schaute sich um, sah, daß zu der Frau ein dünner, beinahe glatzköpfiger Mann gehörte, was ihn beruhigte und ihm ein kurzes, unverbindliches Lächeln ermöglichte. Er wollte allein bleiben. Sieben Tage. Sieben Nächte. Fern aller Pollen, nur die gute Luft genießen, das Meer, das ihm eigentlich nichts sagte, schon als Kind nicht, als er das erste Mal mit den Eltern am Meer gewesen war, er stand damals am Strand und dachte, das ist also das Meer, mehr fiel ihm dazu nicht ein. Es ärgerte ihn, daß seine ältere Schwester stundenlang den gleichen Satz sagte. Ist es nicht wunderschön? Was? fragte er einige Male. Das Meer natürlich. Genauso stellte er sich die meisten der Passagiere vor. Sie warteten alle nur darauf, endlich am Strand zu liegen und zu sagen: Ist es nicht wunderschön? Er überlegte, ob er noch einmal die Zeitung aufschlagen sollte, doch außer den Sportseiten hatte er schon alles gelesen, und gleich mußte es soweit sein. Gleich. Er schaute auf die Uhr. Ein junger Mann wanderte nervös rauchend hin und her, einige der Passagiere sahen aus, als würden sie im Wartezimmer eines Arztes auf eine schlimme Diagnose warten. Eine Frau lächelte tapfer, als ihr Mann auf eine Maschine zeigte, die am anderen Ende des Rollfeldes gerade abhob.

Hektik plötzlich. Gesichter, die sich entspannten, Vorfreude, einige eilten sofort zum Ausgang, wollten zuerst sein. Lüscher wartete. Erst als alle sich eingereiht hatten und einige der Passagiere bereits in dem Schlauch verschwunden waren, stand auch er auf, hielt der hübschen Frau freundlich lächelnd seine Bordkarte hin. Sie musterte ihn länger, als er erwartet hatte. Er wurde ein wenig verlegen. Ferien, dachte er. Seine Tasche war leicht, er hatte wenig Gepäck dabei, ein paar Bücher und Zeitschriften. Als er durch den Schlauch ging, sah er auf den Boden, in Gedanken, auch wenn er später nicht mehr wußte, woran er dachte, es war etwas, das seine ganze Aufmerksamkeit beanspruchte, anders konnte er es sich nicht erklären, was danach geschah. Selbst den Eingang zum Flugzeug mußte er gedanklich abwesend durchschritten haben, sonst wäre ihm bestimmt aufgefallen, daß ihn niemand begrüßte, kein Flugpersonal, keine Stewardessen oder Flight Attendants, wie sie seit einigen Jahren hießen. Als er bereits mitten im Flugzeug stand, traf es ihn wie ein Blitzschlag. Unsicher schaute er sich um. Das Flugzeug war leer. Ein Charterflug nach Teneriffa mitten im Sommer und leer. Es mußte ein Irrtum sein. Er drehte sich um, ging eilig zurück, wollte gerade das Flugzeug verlassen, als ein mächtiges Dröhnen wie aus mehreren gleichzeitig startenden Triebwerken ihn innehalten ließ. Ein Rucken ging durch die Maschine, er hatte Mühe, das Gleichgewicht zu halten. Und dann sah er sie. Sie stand am Eingang und lächelte. Er wollte etwas sagen, brachte aber im Lärm der Motoren keinen Laut zustande. Sie lächelte nur und winkte ihm zu. Dann schloß sich die Tür. Praktisch gleichzeitig erklang der scheppernde Gong, der die Passagiere dazu aufforderte, sich anzuschnallen. Er war wie paralysiert, wußte nicht, was tun. Sollte er nach vorne ins Cockpit stürmen, das Mißverständnis aufklären? Er schaute durch eines der Fenster nach draußen. Niemand war zu sehen. Die Maschine begann zu rollen. Er ließ seine Tasche auf einen der Sitze plumpsen und eilte nach vorne. Die Tür zum Cockpit war zu. Er klopfte. Heftiger. Noch heftiger. Schließlich atmete er tief durch und drückte die schmale Klinke. Was er sah, faszinierte ihn. Blinkende Kontrolleuchten und draußen einen strahlend blauen Himmel. Er hatte sich einmal gewünscht, vorne im Cockpit mitzufliegen. Allerdings hatte er sich das ein wenig anders vorgestellt. Das Flugzeug beschleunigte, er versuchte sich festzuhalten, was ihm schwerfiel. Er atmete tief, schaute auf die leeren Sitze der Piloten und schüttelte den Kopf. Schweiß tropfte von seiner Stirn. Als die Maschine abhob, wurde er durch den Schub nach hinten gedrückt. Wie ein Ball rollte er zwischen den Sitzreihen hindurch, bis es ihm gelang, sich an einem Sitz festzuklammern, sich hochzuziehen und schließlich zu setzen. Es kam ihm lächerlich vor, sich unter den gegebenen Umständen anzuschnallen. Er tat es trotzdem. Aus einem Traum, dachte er, hätte ich längst aufwachen müssen. Die Stadt unter ihm wurde kleiner. Teneriffa, dachte er, Ferien.

Minuten vergingen, das Flugzeug befand sich im Steigflug, Lüscher wurde in den Sitz gedrückt, und durch das Fenster sah er Blitze zucken. Das Flugzeug schien immer stärker zu beschleunigen, selbst als die Wolkendecke durchbrochen war, flog es weiter steil nach oben. Lüscher verlor das Bewußtsein. Später erinnerte er sich daran, ein beklemmendes Gefühl im Brustkasten gespürt zu haben, wie eine starke Hand, die ihn drückte, und dann fiel er in die schwarze Nacht. Als nächstes realisierte er, daß er sich in einem kleinen Raum befand, dessen Wände in grellem Gelb gestrichen waren. Und es war kalt, eisig kalt. Lüscher dachte zuerst, er sei nackt, doch er trug die gleichen Kleider, in denen er das Flugzeug bestiegen hatte. Aus der Leere dieses gelben Raumes drang eine fürchterliche Angst in seinen Körper. Er konnte sich nicht dagegen wehren. Panik bemächtigte sich seiner, er wollte schreien, rennen, doch sein Körper reagierte nicht auf seine Gedanken, es war, als hätte sich sein Körper mit dem gelben Raum gegen ihn verschworen. Die Angst nahm ihm den Atem, schnürte ihn ein, ließ sein Herz wild schlagen. Das alles spürte Lüscher, doch was weit schrecklicher war, spielte sich in seinem Kopf ab. Die Angst umklammerte sein Gehirn, er war nicht mehr fähig, einen einzigen Gedanken zu fassen, er war nur noch fleischgewordene Panik.

Später konnte Lüscher nicht sagen, wie lange dieser Zustand anhielt. Es konnten Sekunden, Minuten, Stunden oder Jahre gewesen sein. Während der ganzen Zeit glaubte er allein in dem Raum zu sein, doch für einige Sekunden änderte sich dies. Er sah die Gesichter von drei anderen Passagieren. Eine Frau um die Vierzig, ein Mann mit Schnurrbart, keine dreißig, und ein älterer Mann, rundlich, mit einem Furunkel auf der Nase. Als er diese Gesichter sah, wußte er sofort, daß ihnen das gleiche widerfuhr wie ihm. Er sah die Panik, die Ohnmacht in ihren Gesichtern, und er wünschte sich, die drei anzusprechen, doch er brachte es nicht fertig, und als es ihm einen kurzen Moment lang gelang, die Augen zu schließen, da verschwanden die Gesichter, sie waren nicht mehr da, als er die Augen wieder öffnete. Dafür saß er wieder auf seinem Sitz im Flugzeug, ganz normal, die Maschine flog geradeaus, er sah die tiefstehende Sonne, und das Flugpersonal machte sich daran, das Essen zu verteilen. Neben Lüscher saßen zwei junge Frauen. Die eine lächelte, als sie sah, daß Lüscher sie anschaute. Mir gelingt es nie, im Flugzeug zu schlafen, sagte sie.

Lüscher lachte und schüttelte heftig den Kopf.

«Ich durchlebte die schlimmsten Momente meines Lebens, und die Frau neben mir dachte, ich sei eingenickt.»

«Sie haben geträumt», sagte ich.

«Geträumt», sagte Lüscher und zündete sich eine neue Zigarette an. «Kann man den Tod träumen, die Hölle? Vielleicht kann man es, und ich hatte einen solchen Traum. Doch die Geschichte geht weiter.»

Er spuckte Schleim aus und scharrte mit den Schuhen Erde darüber.

«Der Rest des Fluges verlief problemlos. Ich hatte keinen Hunger, trank nur ein Bier, um mich zu entspannen, doch es gelang mir nicht, mich zu entspannen. Ich zermarterte mir den Kopf, suchte nach einer plausiblen Erklärung. Drogen, dachte ich, vielleicht hatte ich etwas zu mir genommen, ohne es zu merken, in einem Getränk. Ich dachte auch an einen Herzinfarkt, wegen der Beklemmung im Brustkorb, doch die Schmerzen waren weg, ich konnte wieder normal atmen. Noch ehe das Flugzeug landete, kam ich zum Schluß, daß es für das, was geschehen war, keine plausible Erklärung gab.»

«Sie hatten einen schrecklichen Alptraum. Ich erinnere mich, als Kind Fieberträume gehabt zu haben, die der reinste Horror waren.»

Lüscher gab Laute von sich, die wie ein Kichern klangen, doch sein Gesichtsausdruck paßte nicht zu den Lauten. Sein Gesicht rötete sich, die Halsschlagader trat hervor.

«Das war kein Traum! Was hätte ich dafür gegeben, wenn es tatsächlich ein Traum gewesen wäre. Nein, es war kein Traum. Als ich nämlich die Maschine verließ, traf ich in der Halle, wo unser Gepäck auf den Rollbändern lag, auf jene Frau, die mir in diesem angeblichen Traum begegnet war. Wir sahen uns nur ganz kurz in die Augen, und sofort wußte ich es, und ich sah, daß auch sie es wußte. Wir hatten beide gezweifelt, und jetzt stellten wir fest, daß wir im Gesicht des Gegenübers genau jenes Entsetzen wiedererkannten, das uns Stunden zuvor begegnet war. Ich war zuerst wie gelähmt, doch etwas in mir drin zwang mich, mich abzuwenden, und auch die Frau wandte sich ab, klammerte sich an den Arm ihres Begleiters. Ich machte ein paar Schritte in eine andere Richtung, und da sah ich den Dicken mit dem Furunkel auf der Nase. Er schaute durch die Scheibe auf das Rollfeld. Ich überlegte, ob ich mich zu ihm gesellen sollte, doch wieder hielt mich etwas davon ab. Die anderen Passagiere hatten längst ihr Gepäck in Empfang genommen. Der Dicke rührte sich nicht, doch ich glaubte seinen Blick in meinem Nacken zu spüren, als ich mich umdrehte und zu meinem Koffer ging.»

Lüscher klemmte sich eine Zigarette zwischen die Lippen, sie wippte auf und ab, während er sprach. Ich gab ihm Feuer. Er schloß die Augen und sog an der Zigarette.

«Und was ist mit dem anderen Mann? Waren es nicht zwei Männer und eine Frau, die Sie gesehen haben?»

«Den anderen Mann habe ich nicht mehr gesehen. Auch auf dem Rückflug nicht, weder ihn noch die beiden anderen. Es war beinahe so, als würden wir uns bewußt aus dem Weg gehen. Verschiedene Hotels, vielleicht Appartements, Teneriffa ist groß. Später erfuhr ich, daß der junge Mann mit Schnurrbart noch am selben Tag einen Rückflug buchte. Der Dicke hielt es drei Tage länger aus.»

«Und die Frau?»

«Sie war mit ihrem Mann zusammen, sie blieb auf Teneriffa.»

«Und Sie? Sind Sie geblieben?»

«Ich blieb. Die erste Nacht war entsetzlich. Ich lag wach auf dem Bett, wartete darauf, daß der Horror zurückkam. Irgendwann bin ich eingeschlafen. Danach ging es, mit jedem Tag kam ein bißchen Sicherheit zurück. Dachte ich damals. Was für eine Täuschung.»

«Haben Sie mit niemandem darüber geredet?»

«Mit niemandem. Während Jahren. Das mag für Sie unverständlich klingen, aber Sie sehen ja selber, wie Sie reagieren. Ich fragte mich, was ich davon halten würde, wenn mir meine Frau diese Geschichte erzählt hätte? Die Antwort war klar, ich hätte ihr nicht geglaubt, hätte an einen

Alptraum, eine Halluzination gedacht, meine Frau womöglich für verrückt gehalten, sie in Zukunft genauer beobachtet. Das alles wollte ich vermeiden, deshalb schwieg ich, bis es nicht mehr anders ging.»

Er wartete darauf, daß ich ihn ermunterte weiterzureden. Das Gewitter hatte sich gegen Osten verzogen, die Blitze wurden dünner, der Donner benötigte länger, um bis zu der Parkbank zu gelangen. Der Wind blies weiterhin heftig, wirbelte Staub auf. Lüscher blickte geradeaus. Ich schaute auf die Uhr und dachte, daß es Zeit wäre, in die Stadt hinunterzufahren.

«Sie haben etwas vor, das spüre ich.»

«So ist es», sagte ich.

«Ist es wichtig, oder reden Sie sich nur ein, daß es wichtig ist?»

«Spielt das eine Rolle?»

«Wenn ich damals den Mut gehabt hätte, mit den anderen darüber zu sprechen, ich meine mit den anderen Betroffenen, vielleicht säße ich jetzt nicht hier.»

«Schon möglich» , sagte ich. «Ich habe einen Telefonanruf verpaßt, war nicht zu Hause, und jetzt ist mein Leben nicht mehr so, wie es vorher war.»

Er nickte.

«In den folgenden Jahren geschah nie mehr etwas, das mir auch nur annähernd einen solchen Schrecken einjagte. Aber das spielte keine Rolle. Ich hatte an jenem Tag etwas verloren, das Vertrauen, das in einem drinsteckt, das Urvertrauen, es war weg. Ich konnte mein Leben fortan nur noch leben, indem ich mein Leben spielte. Ich tat so, als sei alles noch so, wie es vorher war. Aber wahrscheinlich bin ich ein schlechter Schauspieler. Meine Frau hielt es nicht mehr lange mit mir aus.»

Plötzlich begann es zu regnen. Schwere Tropfen, die vom Wind durch die Luft gewirbelt wurden. Lüscher machte keine Anstalten aufzustehen. Er erzählte, wie er vor ein paar Jahren versucht hatte, die anderen Passagiere ausfindig zu machen. Es dauerte lange, er gab Kleininserate auf. Schließlich meldete sich ein Mann. Es stellte sich heraus, daß es der Gatte jener Frau war, an die Lüscher sich erinnerte. Seit jenem Flug sei die Frau nicht mehr die gleiche gewesen. Ihr Mann brachte sie jedoch nie dazu, darüber zu sprechen. Auch nicht, als sie im Sterben lag. Lüscher erzählte ihm, was ihm und der Frau widerfahren war. Der Mann hörte stumm zu und bedankte sich bei Lüscher, als dieser mit seinen Ausführungen endete. Von dem Mann erfuhr er auch den Namen des Dicken mit dem Furunkel auf der Nase, der im gleichen Hotel untergebracht war, nach drei Tagen aber wieder abreiste. Lüscher gelang es, den Mann ausfindig zu machen. Er fand ein Wrack vor, einen schweren Alkoholiker, der kaum noch einen vernünftigen Satz formulieren konnte. An den Flug nach Teneriffa konnte oder wollte er sich nicht mehr erinnern. Der junge Mann schließlich meldete sich nach über zwei Jahren ebenfalls auf eine Anzeige, die Lüscher in einer Wochenzeitung publizieren ließ. Er war religiös geworden und hatte sich einem Orden angeschlossen.

«Die Hölle als Zeichen Gottes. Er glaubte tatsächlich, auserwählt worden zu sein, und er wollte mir einreden, daß ich ebenfalls auserwählt worden war.»

Der Regen wurde heftiger, prasselte wie Kieselsteine auf

meinen Kopf. Ich stellte mir vor, Lüschers Geschichte für die Zeitung neu zu recherchieren, herauszufinden, was damals tatsächlich geschehen war. Immerhin war es keine alltägliche Geschichte, aber alltäglich genug, um glaubwürdig zu klingen. Lüscher gab keinen UFOs, keinen Außerirdischen die Schuld an seinen Erlebnissen, auch wenn das ein modischer Erklärungsversuch gewesen wäre, für den sich sofort Befürworter gefunden hätten. Ich lachte, was Lüscher verwundert zur Kenntnis nahm. Kaum ein Tag war vergangen, seit ich wie ein krankes Tier in meiner Wohnung herumgelegen war, und schon konnte ich mir wieder vorstellen, für die Zeitung zu arbeiten. Tatsächlich aber trennten mich Welten von meinem früheren Leben. Sues Tod wucherte noch immer in meinem Kopf, es war mir lediglich gelungen, die Perspektive zu verändern. War ich in den Tagen zuvor bemüht, mich in Sue hineinzuleben, was sich als gefährlich und letztendlich sinnlos erwies, so versuchte ich mich jetzt von einer ganz anderen Seite Sues Tod zu nähern. Wenn nicht sie es war, die eine Erklärung für ihren Tod liefern konnte, so tat es vielleicht ihr Mörder, der sie ausgesucht hatte, der ihr gefolgt war, ihr auflauerte oder mit dem sie sich verabredet hatte.

Lüscher stand auf, zog sich seine Wanderjacke über den Kopf. Ich stand ebenfalls auf, klitschnaß, doch es störte mich nicht.

«Es gibt Dinge, die muß man zu Ende führen. Und wenn es das eigene Leben ist», sagte Lüscher.

«Sie wollen sich umbringen?»

«Nein. Ich will mein Leben zu Ende führen. Jetzt, da ich über alles reden kann, muß ich nicht mehr mein altes Leben spielen, ich darf so kaputt sein, wie ich mich fühle. Ich weiß nicht, wer Sie sind und was Sie arbeiten, junger Mann, aber versuchen Sie zu dem zu stehen, was in Ihnen vorgeht.»

Er hob eine Hand zum Gruß.

«Ich bin ein Mörder», sagte ich fröhlich und grüßte zurück.

Er winkte mir zu und wandte sich ab, so als sei es für ihn nichts Ungewöhnliches, einem Mörder zu begegnen.

19 Four Roses

Als ich in die Hohlstraße einbog, dachte ich an Lüscher und versuchte mir eine Situation vorzustellen, in der ich Todesangst verspürte. Es gelang mir nicht. Selbst als ich meinen Wagen nach links steuerte und die Mittellinie überfuhr, blieb ich ganz ruhig. Ein entgegenkommender Kombi hupte und fuhr so dicht vorbei, daß sich die Außenspiegel beinahe berührten. Ich lenkte wieder nach rechts ein und erhöhte die Geschwindigkeit. Es existierten verschiedene Mörder in meinem Kopf. Der eine war waghalsig, riskierte sein eigenes Leben, das ihm nicht viel wert war. Ein anderer war extrem vorsichtig, geradezu ängstlich. Und jener, der jetzt in meinem Wagen saß, war ein Spieler, einer, der Risiken einging, der aber nie damit rechnete, alles zu verlieren. Dieser Mörder kam mir am nächsten, doch ich wußte, daß das nicht zählte, ich mußte jenen Mann aktivieren, der Sue getötet hatte, und ich war mir sicher, daß es ein Mann war, ein Einzeltäter, der in jener Nacht gar nicht anders konnte, der töten mußte.

Mein Versuch, mich Sue zu nähern, war gescheitert. Sie war viel zu weit entfernt von mir, ein Wesen von einem anderen Planeten mit einer Denkweise, die mir fremd war, die mich verzweifeln ließ, wenn ich sie zu adaptieren versuchte. Ich war mir vorgekommen wie ein Abstinenzler, der sich in eine Alkoholikerin einfühlen wollte, zu trinken begann und innert kürzester Zeit daran zugrunde ging, ohne sich der

Alkoholikerin wirklich genähert zu haben. Sues Blick auf die Welt konnte nie mein eigener Blick sein. Während sie versuchte, etwas einzufangen, zu zeigen, zu erschaffen, sah ich meine Aufgabe darin, zu beschreiben, zu berichten. Ich war ein Protokollführer, einer, der dem Leben zusah, ohne wirklich zu leben. Jeder meiner Versuche, ein autonomes Leben zu führen, war gescheitert. In der Schule ertrug ich die Einsamkeit nicht, die jedem drohte, der sich keiner Gruppe anschloß. Es gelang mir aber auch nicht, mich aus freien Stücken einer Clique anzuschließen, immer war es die Gruppe, die mich aufnahm oder nicht aufnahm. Einmal nur versuchte ich, in eine Clique der Abenteurer aufgenommen zu werden, versuchte mich mit einigen Mitschülern gut zu stellen, schwänzte den Unterricht, ließ mich auf eine Auseinandersetzung mit dem gefürchteten Deutschlehrer ein, doch der Respekt, den ich dafür erhaschte, hielt nicht lange an. Es gelang mir nicht, die Zeichen zu entschlüsseln, mit denen sich die Schüler in der Clique verständigten, manchmal wortlos, jeder schien zu wissen, worin seine Aufgabe bestand, während ich bloß glücklich darüber war, für einige Stunden aufgenommen zu werden von den anderen. Sue hätte darüber nur gelacht. Sie wollte nicht dazugehören.

Die Rolle des Mörders, dachte ich, muß mir besser liegen. Mord war kein kreativer Akt, auch wenn dies manchmal im Fernsehen so dargestellt wurde. Der Mörder handelte aus einem Zwang heraus, aus einer Notlage, vielleicht aus einer Laune. Ich konnte mir den Mörder vorstellen als eine Art Antikünstler, einer, der sein kreatives Potential nicht umsetzen konnte, einer, der den Künstler in sich tötete, um für eine gewisse Zeit befreit zu sein von dem Drang, auszuscheren, sich der Gesellschaft zu verweigern. War der Künstler darauf bedacht, sein Werk öffentlich zu machen, so legte der Mörder Wert darauf, nicht erkannt zu werden, seine Tat zu vertuschen. Dazu mußte er so normal wie möglich leben, unauffällig, während sich Künstler oder auch Möchtegernkünstler Ticks zulegten, sich seltsam kleideten, schwul wurden oder extreme Machos, die Frauen verprügelten. Der Mörder aber lebte ein braves Durchschnittsleben, kleidete sich wie ein höherer Angestellter, heiratete eine Frau, die ebenfalls nicht auffiel, zeugte Kinder, die braves Mittelmaß waren, und ging einem harmlosen Hobby nach. Natürlich gab es den Mörder im Affekt, der betrunken oder auch nüchtern durchdrehte, wild um sich schlug, würgte oder schoß und danach alles bereute. Doch dieser Mörder interessierte mich nicht, weil ich ihn mir nicht als Sues Mörder vorstellen konnte. Auch der Mörder aus Verzweiflung kam nicht in Frage, jener Typus, der über seine Verhältnisse lebte, Kredite aufnahm, in seiner beruflichen Stellung überfordert war und eines Tages Amok lief, weil sein inszeniertes Leben der Realität nicht mehr standhielt. Ein Mörder aus Leidenschaft kam eher in Frage. Oder einer, der eine Mission in sich spürte, innere Stimmen hörte, die ihn dazu drängten, endlich einen Mord zu begehen. Der Mörder, so sagte ich mir, ist wie ich, er wußte nicht, daß er zu einem Mord fähig war, aber er ahnte es, und er ließ es darauf ankommen.

Das Messer hatte ich mir bei einem Junkie besorgt. Ich fuhr nach Bern, suchte mir einen Typen aus, der verladen aussah, fragte ihn, ob er mir ein Klappmesser besorgen konnte, ein Stilett. Es dauerte keine Stunde. Er hätte mir auch eine Knarre besorgen können, ein Sturmgewehr, einen Atomsprengkopf, nichts schien mir leichter zu sein, als sich zu bewaffnen. Ich trug das Messer in meiner Jacke, unprofessionell, dachte ich, erinnerte mich an Filme, in denen Messer aus Stiefelschäften gezogen wurden. Der Mörder aber war kein Profi, er spielte auch in keinem Film mit, er trug das Messer heimlich auf sich, vielleicht ein ganz normales Schweizer Militärmesser, mit dem er Äpfel schälte, sich die Fingernägel reinigte. Aber würde er damit auch einen Mord begehen? Nein, das war unappetitlich, seine Frau hätte das nicht gerne gesehen. Ein Messer für den Alltag und ein Messer für den Mord. Ordnung war ihm wichtig, genauso wie mir. Mit dem Messer fühlte ich mich sorgloser, ich wußte, daß ich genau dies auch vermitteln mußte gegen außen. Sorglosigkeit, Arglosigkeit, damit mich niemand aufhielt, keine Verkehrskontrolle. Wer es darauf anlegte, wurde am Zoll immer herausgepickt, wer sich normaler als normal verhielt, praktisch nie. Die Terroristen mußten im Untergrund zu jenen Spießern werden, die sie bekämpften, sie mußten sich kleiden wie die Bürger, die sie haßten, sie mußten zu ganz normalen Arschlöchern werden, die nicht mehr auffielen. So gesehen hatte ich mich bei der Zeitung zu einem perfekten Mörder entwickelt. Alle bei der Zeitung wären perfekte Mörder gewesen. Niemand traute diesen Lohnschreibern Abgründe zu, niemand vermutete hinter den recherchierenden Kollegen Vergewaltiger, Pädophile, Masochisten oder Tierquäler, sie waren perfekte Perverse, weil niemand Verdacht schöpfte, ein Zustand, für den wir unser halbes Leben opferten, uns einzwängten, uns beschnitten, uns verstümmelten. Alle hätten sie in jener Nacht durch die Stadt fahren können, ziellos bis zu jenem Moment, als ihnen Sue begegnete und in ihnen etwas aufbegehrte gegen ihr kümmerliches Dasein. Der Mörder, das war ich, abwesend, weit weg in Chicago. Ich war es, der das Messer zückte, der sich befreien wollte aus der Umklammerung des Alltags. Mörder, rief ich im Fond meines Wagens, Mörder, hallte es durch meinen Kopf.

Neben der Bartheke steht ein einzelner Tisch, hoch, so daß man sich mit den Armen abstützen kann. Zwei junge Frauen trinken Champagner, als er sich nähert. Sie schauen ihn an, taxieren ihn, schauen weg, unterhalten sich, stecken die Köpfe zusammen. Beide dunkelhaarig, die eine einen Kopf größer, die andere leicht rundlich, um die zwanzig, nicht besonders gut geschminkt, süßliches Parfüm. Die größere mit drei Ringen an der linken Hand, die kleinere mit einem Piercing über dem rechten Auge. Ein Mörder achtet auf solche Details, er wartet darauf, daß eines dieser Details etwas in ihm auslöst, eine Lust vielleicht, ein Drang. Er hat Rosen gekauft, vier rote Rosen, die er auf den Tisch legt und die sofort Aufmerksamkeit erregen. Die beiden Frauen tuscheln, ehe die kleinere lacht und auf die Rosen zeigt.

«Sind die für uns?»

«Vielleicht.»

«Und wenn wir keine Rosen mögen?»

«Das ist egal», sagt er.

«Wieso?» fragt die größere.

«Wenn ich sie dir schenke, bist du geschmeichelt, egal, ob du Rosen magst oder nicht.»

«So einfach geht das nicht.»

«Natürlich nicht», sagt er und grinst.

Der Mörder weiß, wie er es anstellen muß. Nicht zu forsch, aber auch nicht zu zurückhaltend. Sie müssen spüren, daß der Mörder an ihnen interessiert ist, daß sie es sind, die er ausgesucht hat. Daß er sich Zeit nimmt, daß es ihm egal ist, Stunden zu verplempern. Der Mörder sucht sich zwei Freundinnen aus, weil er weiß, daß dadurch seine Chancen steigen. Sie werden zu Konkurrentinnen, egal, ob sie an ihm interessiert sind oder nicht. Sie möchten das Gefühl des Sieges kosten, und dafür werden sie weit gehen. Der Mörder weiß, daß es später, wenn sich die Paare zurückziehen, einfacher sein wird, eine einzelne Frau zu finden, eine einsame, eine, für die die Nacht noch nicht zu Ende ist. Doch zu früher Stunde sind es die Freundinnen, die es ihm einfach machen, und wer weiß, vielleicht wird sich eine zurückziehen im Verlauf des Abends. Der Mörder ist zuversichtlich, und er legt den beiden Frauen je eine Rose hin.

«Und die beiden anderen?» fragt die kleinere.

«Die Nacht ist noch lang.»

«Und wenn wir uns jetzt bedanken und weggehen?»

«Dann bestelle ich vier neue Rosen.»

«Die kann man hier bestellen?»

Der Mörder lächelt und winkt der Bedienung. Eine braungebrannte Frau mit kurzen Haaren.

«Ein Glas Four Roses, bitte.»

Die beiden Frauen lachen, bestellen ein weiteres Glas Champagner, auch der Mörder lächelt, er fühlt sich wohl.

Ich versuchte die Menschen mit den Augen eines Mörders zu betrachten. Kein Massenmörder, einer, der sich sein Opfer genau aussucht. Was war ihm wichtig? Das Geschlecht? Vermutlich. Wie mußte die Frau aussehen? Erinnerte sie ihn an etwas? An eine andere Frau, die ihn demütigte? An seine Mutter? Suchte er nach einer Frau, die für ihn unerreichbar war und die er deshalb töten mußte? Was löste Sue in ihm aus? Weshalb folgte er ihr, weshalb fiel sie ihm auf? Der Mörder ging auf sie zu, er sprach Sue an, da war ich mir sicher. Wurde er wütend, weil Sue ihn abwies, ihn barsch zurechtwies oder einfach weiterging, arrogant in den Augen des Mörders?

Der Mörder beobachtet die Menschen, er ist ein Außenseiter. Nachts fährt er durch die Straßen, beobachtet die Nutten, doch er holt sich nie eine in den Wagen, weil er es verabscheut, für seine Geilheit zu bezahlen. Es ekelt ihn, wenn er Männer sieht, die sich den Nutten zuwenden. Er hält vor Bars, betrachtet die jungen Frauen in ihren knappen Röcken. Die hohen Plateausohlen gefallen ihm nicht, dafür die engen Oberteile, die freien Bauchnabel, die unglaublich schlanken Taillen, die langen Beine, die schmalen Ärsche. Die jungen Frauen findet er geil, aber es sind die älteren, jene, die in seinem Alter sind, die in ihm Haßgefühle auslösen. Frauen, die sich ganz selbstverständlich durchs Leben bewegen, die mit jedem Schritt, jedem Wort dokumentieren, daß sie nicht auf ihn angewiesen sind. Hau ab du Schwächling, rufen sie ihm zu, hau ab du Wichser. Sie lachen nur, wenn er sich ihnen nähert, wenn er errötet und stottert, wenn er hilflose Komplimente macht. Es ist ihnen egal, daß er tipptopp rasiert ist, gepflegt ist bis zu den Fußnägeln, seinen besten Anzug trägt. Während er nach Worten ringt, machen sie den gutaussehenden Typen schöne Augen, lassen sich von Dummköpfen abschleppen, beginnen zu gurren wie dumme Tauben, wenn einer doof lächelt wie in einem Werbefilm. Der Mörder haßt diese Frauen, weil sie ihm fremd sind. In der Nacht, denkt er, sind die Menschen sich ähnlicher als tagsüber. Nachts suchen alle nach Geborgenheit. Deshalb fährt er nachts gerne herum, deshalb erhofft er sich, in der Nacht erlöst zu werden von seinen Qualen.

Der Mörder sitzt in seinem Wagen und raucht. Er beobachtet Sue, die vor einem Fabriktor steht. Die Lippen des Mörders beginnen zu zittern. Darauf hat er lange gewartet. Seit Jahren fährt der Mörder nachts durch verlassene Straßen, immer in der Hoffnung, jene verirrte Seele zu finden, die zu ihm paßt. Eine Frau, die wie er in der Nacht nach etwas sucht. Keine dieser Schlampen, die sich in Bars kaufen lassen, keine dieser tanzwütigen Emanzen, die sich Männer ins Bett holen wie Kuscheltiere. Eine Frau, die sich von der Einsamkeit berühren läßt. Der Mörder will sicher sein, daß er sich nicht täuscht. Er denkt an eine Panne, an ein heimliches Rendezvous, an eine Drogensüchtige, die auf dem Fabrikgelände Freier befriedigt, doch alle Zweifel schwinden, als er sieht, wie Sue die Straße entlanggeht und sich umschaut wie eine Touristin in der Bahnhofstraße. Sie mag diese Gegend, und sie mag die Nacht. Der Mörder überlegt sich, wie er sie ansprechen soll. Er denkt, ich darf nicht im Wagen bleiben, ich muß ihr gegenübertreten, ganz locker, aber nicht zu locker, sie muß sofort spüren, daß ich ein Seelenverwandter bin. Der Mörder überlegt sich wohlklingende Sätze, er übt mit seinen Händen Gesten, als er aber sieht, daß Sue sich abwendet, Anstalten macht wegzugehen, da gerät der Mörder in Panik. Ich darf es nicht vermasseln, denkt er, das Schicksal offenbart sich mir nicht zweimal, ich muß jetzt handeln, jetzt in dieser Nacht. Der Mörder steigt aus, er schließt die Tür seines Wagens, viel zu laut, der Knall widerhallt auf dem Gelände, er sieht, wie Sue sich umschaut, ängstlich, unsicher. Der Mörder bewegt eine Hand, er will Sue zeigen, daß er harmlos ist, eine Hand als Zeichen der Entschuldigung, ein Zeichen der Reue für den Krach. Sue aber reagiert nicht, bleibt nicht stehen, geht weiter, die Schritte kürzer und schneller. Der Mörder will ihr zurufen, bleib stehen, will er ihr zurufen, doch kein Wort bringt er heraus, nur keuchenden Atem. Der Mörder folgt Sue, rennt jetzt hinter ihr her, Sue rennt ebenfalls, doch plötzlich bleibt Sue stehen, was soll das, denkt sie, sie dreht sich um, sieht, wie der Mörder innehält, sieht seinen Atem, sieht, wie er eine Hand in die Höhe hält, harmlos, denkt Sue, er ist ganz harmlos, vielleicht hat er eine Panne, vielleicht hat er sich verlaufen. Sue bleibt stehen, und der Mörder kommt langsam auf sie zu. Harmlos sieht er aus, brav, ein braver Angestellter, sucht vielleicht einen der Partyräume, die über das Industriegelände verteilt sind. Der Mörder ist erleichtert, sie ist schön, denkt er, sie ist schön, und sie wartet auf mich. Als er ihr gegenübersteht, lächelt er.

«Die Nacht», sagt er, hält die Handflächen nach oben, schaut zum Himmel wie auf einem Heiligenbild. Sue schweigt.

«Die Nacht hat uns zusammengebracht.» Der Mörder streckt seine Arme aus, will Sue berühren, sie geht einen Schritt zurück.

«Laß das.»

Der Mörder starrt sie ungläubig an. Wie kann sie nur diesen magischen Moment zerstören, jetzt, da er sich so sicher ist?

«Laß mich in Ruhe.» Sue gelingt es, keine Schwingungen in der Stimme zuzulassen, sie klingt bestimmt und selbstsicher. Der Mörder aber ist geschockt, einen Moment nur, er steht da mit ausgestreckten Armen wie ein Idiot, und er fühlt sich wie ein Idiot, gleich wird sie lachen, denkt er, doch Sue lacht nicht, sie geht einen weiteren Schritt zurück und dreht sich um. Sue will weglaufen, der Mörder realisiert es. Er ist wieder bei ihr, drängt sie nach links, Sue versucht den Mörder abzuschütteln, sie schlägt ihn, der Mörder wird wütend, er stößt Sue an die Mauer, und ehe Sue realisiert, daß sie nicht mehr flüchten kann, hält der Mörder das Messer in seiner Hand.

Ich saß an der Bar und trank Four Roses. Es war wenig Betrieb, früher Abend. Ich war jetzt ein Mörder, der sich sein Opfer genau aussuchte. Ein junger Mann mit lichten blonden Haaren und langer Nase saß an einem Tisch und unterhielt sich mit einer Frau, deren Gesicht mich an eine Kulturschaffende erinnerte. Die Frau war jünger, vielleicht die Tochter. Ich schnappte einige Worte auf, sie unterhielten sich über eine Wohnung, einen Umzug. Als Mörder interessierte ich mich nicht für den Inhalt ihrer Gespräche, wichtig war mir die Art, wie sie die Sätze untermalten, wie die Gesichtsmuskeln spielten, wie die Frau lachte und wie der Mann seine Haare nach hinten strich. Dieser Mörder wartete auf ein Zeichen, etwas, das ihm die Sicherheit gab, das richtige Opfer ausgewählt zu haben. Er verbrachte viele Stunden damit, sich Menschen anzuschauen, sie zu beobachten, sich berühren zu lassen von ihrer Ausstrahlung, ohne ihnen aber nahezutreten, denn er wollte sich nicht ablenken lassen von dem, was er vorhatte. Ich starrte in das Glas, ließ den Bourbon in Wellenbewegungen schaukeln und dachte an diesen Mörder als Menschen, der sich immer unter Kontrolle hatte, der keinen Alkohol trank, der wie ein pflichtbewußter Beamter im Dienst wirkte. Ein Beamter des Todes, einer, der mit der Ernsthaftigkeit eines Verwaltungsbeamten mordete. Kein Lächeln veränderte seine Lippen, während er an einem Mineralwasser nippte. Dieser Mörder würde sich nicht Sue aussuchen, er würde ihr nicht folgen, sie nicht in die Enge treiben. Neben mir zwängte sich eine Gruppe gutgekleideter Menschen zur Bar und orderte fröhlich Aperitifs. Eine Rothaarige mit unzähligen Sommersprossen im Gesicht und auf den nackten Schultern schaute mich lachend an.

«Weshalb so ernst?» fragte sie.

Ich winkte sie mit dem Zeigefinger näher zu mir. Sie lachte und senkte ihren Kopf, bis ein Ohr direkt vor meinem Mund war.

«Soll ich fröhlich sein, wenn ich vorhabe, einen Menschen zu töten?»

Sie lachte, nickte mit dem Kopf wie eine Taube, doch als sie sah, daß ich keine Miene verzog, wurde es ihr ungemütlich. Ich bemerkte, wie sich ihr Körper von mir abwandte, wie sie versuchte mit ein paar Worten in die fröhliche Runde zurückzukehren, ohne jedoch ihren Blick ganz von mir zu lassen. Sie war fasziniert und verstört, wie ein junges Mädchen, dem zum erstenmal ein unzüchtiger Antrag gemacht wurde. Weshalb machte sie ihre Freunde nicht auf mich aufmerksam? Weshalb erzählte sie ihnen nicht, was ich ihr gesagt hatte? Als ich aufstand und mein leeres Glas zum Barkeeper schob, stand die Rothaarige an eine Säule gelehnt und unterhielt sich mit einem Mann und einer Frau. Ich lächelte ihr zu, und ich sah, wie die Verunsicherung von ihr wich, wie sie erleichtert zurücklächelte, verführerisch beinahe. Der Mann drehte sich zu mir um, er wollte wissen, wer die Rothaarige mit einem einzigen Blick betören konnte. Es ist der Tod, der diese Macht ausübt, dachte ich. Der Mörder wußte das, er fühlte sich nicht klein und schwach, wenn er an einen Mord dachte. Aber er fürchtete sich davor, sich klein und schwach zu fühlen, wenn ihm bewußt werden sollte, daß der Gedanke nicht zur Tat wurde, weil er sich vor der Tat fürchtete. Dieser Mörder mußte töten, um seine Selbstachtung nicht zu verlieren.

Es begann zu regnen. Kleine Tropfen, die sich wie feine Nadelstiche anfühlten. In den Stunden, die ich damit zugebracht hatte, den Mörder zu fühlen, veränderte sich mein Blickwinkel. Egal, wo ich mich befand, meine Augen suchten nach Fluchtwegen. Alles ordnete sich der möglichen Tat unter. Als der Regen stärker wurde, dachte ich sofort, Regen ist gut, er wäscht alle Spuren weg. Haare, die ich bei einem Kampf verlieren könnte, Stoffasern, die im Labor analysiert würden, bis der Computer meine Adresse, meine Sozialversicherungsnummer und meine Schuhgröße ausspuckte und ich umgehend zur Fahndung ausgeschrieben würde. Ich sah mich bei einem Arzt, der eine Speichelprobe nahm und die DNA verglich mit den Spuren am Tatort. Mußte ein Mörder früher einzig darauf bedacht sein, ungesehen zu verschwinden, so lauerte heute selbst in von Auge unsichtbaren Partikeln das Verhängnis. Sues Mörder hatte Spuren hinterlassen, jeder hinterließ Spuren, doch entscheidend war, daß man nicht schon vor der Tat Spuren hinterließ. Meine Fingerabdrücke und meine DNA waren in keinem Polizeicomputer gespeichert, ich war nicht vorbestraft, es gab über mich keine Eintragungen bei der politischen Polizei, niemand verdächtigte mich, auch Mülhaupt nicht, für den ich nur ein Zeuge war.

Es war kurz vor Mitternacht, als es geschah. Ich sah zuerst keine Notwendigkeit darin, mich um den Lärm zu kümmern, der aus einem Hof drang. Es polterte metallig, es hörte sich an, als würde jemand gegen eine leere Tonne treten. Mein Körper setzte sich in Bewegung, ohne daß ich mir dessen bewußt war. Ich sagte mir, geh da nicht hin, und war bereits dort. Tatsächlich lagen rostende Metalltonnen herum, rote und gelbe, und hinter einer Tonne ein Mann, leicht wankend. Er pißte gegen eine gelbe Tonne, den Körper von mir abgewandt. Ich verspürte Ekel, wollte mich abwenden, doch mein Körper reagierte nicht. Er ging auf den Mann zu, machte Lärm. Der Mann drehte sich, sein Oberkörper vor- und rückwärts wankend, mit beiden Händen packte er seinen Schwanz ein, doch noch immer plätscherte Pisse auf den Boden. Er nestelte an seinem Hosenschlitz, rülpste und wischte sich mit dem Handrücken über den Mund. Mein Körper stand jetzt direkt vor ihm, ich sah seinen unsicheren Blick, der Versuch eines Lächelns, das sogleich abstarb. Es gelang mir nicht, das Gesicht als Ganzes wahrzunehmen. Ich sah die Augen, die Nase, den Mund, die Ohren, die Wangen, und jedes Detail sprang mich an wie der Anblick von Aas. Mein Magen zog sich zusammen, und ich sah, wie meine rechte Hand das Messer aufklappen ließ. Der Mann schien das Messer nicht zu bemerken, er starrte in mein Gesicht, wie ein Haustier, das nicht verstand, weshalb man es mit bösem Blick fixierte. Er wischte mit der Hand Luft weg, als wollte er sich einen Weg durch das Publikum bahnen, blieb aber stehen, den Körper ausbalancierend. Als meine Hand ausholte und zustach, entdeckte ich am Hals des Mannes ein Muttermal. Der Oberkörper des Mannes schnappte nach unten wie ein Klappmesser. Ich sah, wie meine linke Hand den Mann an der Schulter festhielt, während die Rechte erneut zustach. Ich hörte nichts außer den Regen, der jetzt viel zu laut auf das Metall prasselte. Kein Wort, kein Laut, nichts. Mein Körper löste sich von dem Mann, der zu Boden fiel, sein Kopf schlug an einer roten Tonne auf. Du mußt fliehen, dachte ich, doch mein Körper blieb stehen, das Messer nach unten gerichtet. Ich sah plötzlich Lüscher vor mir, seine Augen vor Entsetzen geweitet. Und ich sah Sue, die auf einer Metalltreppe saß und rauchte. Winkte sie meinem Körper zu? Ich sah ihre Hand, die sich hin und her bewegte. Mein Körper winkte zurück, ehe er den Hof langsam verließ. Erst als sich die Schritte meines Körpers beschleunigten, holte ich ihn ein und wurde wieder eins mit ihm. Mein Atem schmerzte im Rachen. Ich wagte nicht, mich umzusehen, ging einfach weiter, bog in eine andere Straße ein und saß Minuten später in meinem Wagen und sehnte mich nach einem Whisky. Rauchend saß ich vor dem Lenkrad und starrte in die Nacht.

«Four Roses», sagte ich und hielt der Frau einen Zwanziger hin. Sie war klein und hatte schlechte Zähne. Die Rosen legte ich auf die Bartheke neben das Glas Bourbon. Zwei Männer unterhielten sich über Weine.

«Der Körper darf nicht zu leicht sein», sagte einer der beiden.

«Ich bevorzuge Wein, der einem sofort ins Blut geht», sagte der andere.

Ich nahm einen großen Schluck und stellte befriedigt fest, daß meine Hände nicht zitterten. Die Unruhe war wie weggeblasen. Ich roch an den Rosen und versuchte mir das Gesicht des Mannes vorzustellen, den ich getötet hatte. Es gelang mir nicht.

«Ich kann ihn mir nicht vorstellen, weil er gar nicht existiert hat», hörte ich mich sagen. Die beiden Weinkenner blickten sich nach mir um. Ich prostete ihnen zu. Ich hatte mich ganz selbstverständlich vom Tatort wegbegeben, wie ein Betrunkener, der sich wundert, wie er nach Hause gekommen ist. Keine Zeugen. Die Rothaarige mit den Sommersprossen würde sich kaum an mein Gesicht erinnern können, nur an das, was ich gesagt hatte. Sie würde den Gedanken verwerfen, weil ich ihr beim Abschied zugelächelt hatte. Er ist kein Mörder, er hat nur einen makabren Humor.

«Es geht mir gut», sagte ich und umklammerte in meiner Jackentasche das Messer, an dessen Klinge Blut klebte.

Dieser Mörder fiel nicht auf, weil er einer von uns war. Ich war nur noch ein leicht betrunkener Gast in einer Bar, der ab und zu etwas sagte, aber keinen aggressiven Eindruck machte. Als ich ging, legte ich die vier Rosen vor der Bar auf den Boden. Ein Liebespaar beobachtete mich ratlos. Eine Stunde später stand ich an einem Flußufer und warf das Messer ins Wasser. Als die Sonne aufging, fuhr ich mit meinem Wagen über eine Landstraße und fühlte mich befreit von einem gewaltigen Druck. Sue war jetzt nur noch eine Erinnerung, ein kurzes Klicken auf meinem Anrufbeantworter.

20 Lagavulin

Meine Tage sind eingeteilt wie die Tage eines Gefangenen. Aufstehen, Frühstück, Arbeit, selbst die Pausen sind geregelt. Es geht nur so. Ich trinke höchstens zwei Gläser pro Tag, aber nur vier Tage in der Woche. Mittwochs, freitags und sonntags trinke ich nicht, daran habe ich mich gewöhnt. Die Wohnung habe ich umgestellt, im vorher leeren Zimmer stehen jetzt eine Bücherwand, ein Sessel und eine Leselampe. Ich sitze jeden Tag mindestens vier Stunden am Computer und schreibe. Diese Regelmäßigkeit hat mir die Sicherheit gegeben, nicht aufzuhören, nicht abzubrechen, was eine Katastrophe gewesen wäre, da bin ich mir sicher. Ich mußte diese Tage und Nächte loswerden, sie aus meinem Kopf schreiben. Nur so, denke ich, konnte ich zurückkehren in eine Ordnung, zurückkehren in ein Leben, das ich einigermaßen im Griff habe. Ich rauche nicht mehr. Ich habe einfach damit aufgehört. Es waren nicht meine Zigaretten, es waren Sues Zigaretten, es war ihre Unruhe, ihre Zerbrechlichkeit, die mich erfaßt hatten. Den Tag meiner Rückkehr aus Chicago stelle ich mir heute vor wie den seltsamen Flug, der Lüscher den Verstand raubte.

Conny denkt, daß ich an einem Buch schreibe. Sie kommt oft vorbei, und ich war einige Male bei ihr. Alles hat sich verändert. Conny versteckt ihre Tochter nicht mehr, wir spielen manchmal Familie, und Conny macht Witze darüber. Der Mord ist in den Zeitungen kein Thema mehr. Ich habe die Artikel gelesen, ohne davon berührt zu werden. Der Mann war Architekt, zuletzt ohne Aufträge, in dubiose Grundstücksspekulationen verwickelt. Ich habe Glück gehabt. Es gab Motive für die Tat, und es gab keine Zeugen. Anfänglich wurde der Mord mit jenem an Sue in Verbindung gebracht. Doch die Leiche des Mannes wurde an einem anderen Ort gefunden, und die Polizei sagt, daß die Tatumstände anders gewesen seien als beim Mord an Sue. Ich weiß nicht, was sie damit meinen. Es fällt mir schwer zu formulieren, welche Bedeutung die Tat für mich hat. Es gibt für mich keinen Zweifel, daß ich den Mann getötet habe, aber gleichzeitig weigert sich mein Verstand, dies zu akzeptieren. Ich habe einmal gelesen, daß es früher ein Gesetz gab, das Schauspielern verminderte Zurechnungsfähigkeit zubilligte, wenn sie nach einer Vorstellung ein Verbrechen begingen. Weil sie nach der Vorstellung Zeit benötigten, um wieder zu sich selbst zu finden. Auch ich habe diese Zeit benötigt. Als ich aus Chicago zurückkam, verlor ich mich, und als ich mich wieder fand, war ich zum Mörder geworden.

Ich habe mit dem Chefredakteur der Zeitung telefoniert. Ich verzichte auf die Beförderung, aber ich bleibe Redakteur bei der Zeitung. Meine Kündigung ist hinfällig geworden. Conny respektiert meine Entscheidung. Manchmal denke ich, daß sie mich heute mit anderen Augen sieht. Alle sehen mich mit anderen Augen. Die Achtung, so scheint mir, ist größer geworden. Ich denke wieder an Lüscher. Wäre sein Flugzeug abgestürzt und hätte er als einziger überlebt, dann würde man ihm mit der gleichen Achtung begegnen. Die Menschen spüren, daß ich etwas durchgemacht habe und nicht daran zerbrochen bin. Ich habe meine Geschichte zu Ende geschrieben, und ich werde sie wahrscheinlich in den nächsten Tagen löschen, die Festplatte neu formatieren und sicher sein, daß diese Episode abgeschlossen ist. Ich werde künftig erste Anzeichen einer Bedrohung sofort erkennen und entsprechend handeln. Zusammen mit Conny gehe ich jeden zweiten Tag ins Fitneßstudio. Die Leute reden nicht darüber, aber ich glaube zu wissen, was in ihnen vorgeht. Sie quälen ihren Körper, weil sich dieser mit Fitneß für die Qual bedankt. Unser Gehirn aber bedankt sich nicht, wenn wir uns mit Gedanken quälen.

In einer Woche werde ich wieder bei der Zeitung arbeiten. Ich sehe meine Kollegen jetzt auch mit anderen Augen. Sie sind wie ich, sie geben sich Mühe, im Tritt zu bleiben. Und wie ich können sie jederzeit straucheln, wenn sie nicht vorsichtig sind. Das ist es, was uns verbindet. Der Mord an Sue bleibt wahrscheinlich ungeklärt. Das überrascht mich nicht, da ich jetzt selber weiß, wie rätselhaft ein Mord auf Außenstehende wirken kann und selbst für den Mörder das Motiv manchmal im dunkeln bleibt. Nicht alles, was in jenen Tagen und Nächten vorging, ist mir heute bekannt. Es gibt Lücken, Stunden, an die ich mich nicht erinnere. Conny wird gleich an der Wohnungstüre klingeln. Ich werde sie fragen, ob sie mich heiraten will. Der Gedanke wärmt mich.

Ende